머니게임 MONEY GAME

배진수 만화

게임 3부작

4

MONEY GAME 4

머니게임
MONEY GAME

#46

"비로소 풀리기 시작하는 비밀"

몸은 아프고 상황은
무섭지만 위기라면
도와야 한다.

비틀~

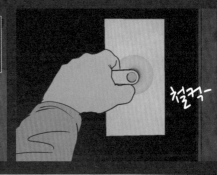

철컥~

생명의 은인을 내치는 건
사람의 도리가 아니니.

확인 결과.

비명의 주인공은 7호가 맞았지만
비명의 이유는 7호가 아니었다.

2호 님!!!

정신 차리세요!!
제 말 들려요?! 2호 님!!!

2호였다.

꿀꺽-

2호가

문고리에
목을 매달았다.

- 33,000,000
- 33,000,000
- 33,000,000

2호의 자살 시도 이후 3일이 지났다.

젊은 나이에 희귀병에 걸리고, 가난 때문에 변변찮은 치료도 못 받고,
결국 이 끔찍한 게임에까지 흘러들어온.

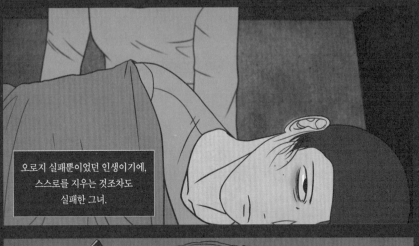

오로지 실패뿐이었던 인생이기에,
스스로를 지우는 것조차도
실패한 그녀.

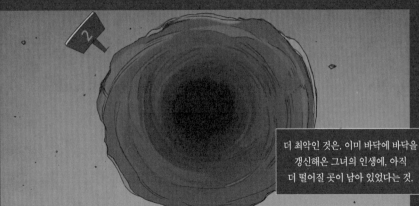

더 최악인 것은. 이미 바닥에 바닥을
갱신해온 그녀의 인생에, 아직
더 떨어질 곳이 남아 있었다는 것.

아직 감각이
없으세요? 다리…

2호는
하체가 마비됐다.

경추가 손상돼서인 건지
경동맥이 차단돼서인 건지
아니면 그녀의 지병이 심해져서인 건지

알 방법은 없지만. 확실한 건,
이제 더이상 그녀의 삶에서
희망이라 부를 수 있는 건…

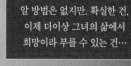

괜찮아요
희망을 가지세요.

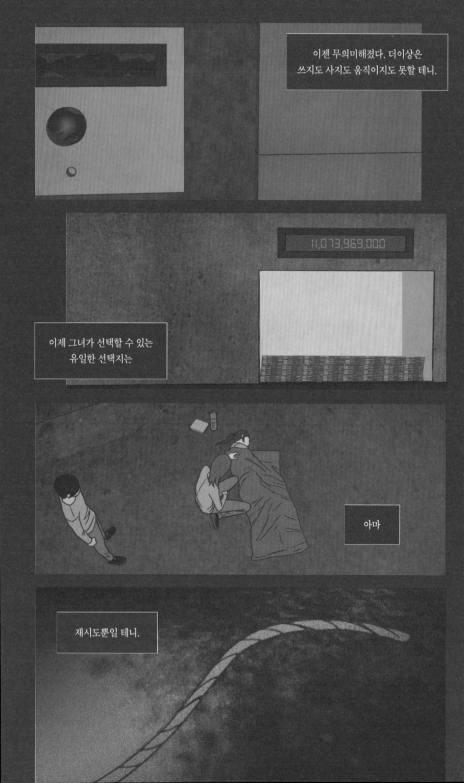

다시 하루가 지났고,
스튜디오 안은 여전히…아니, 정정한다. 아직은 평온하다.

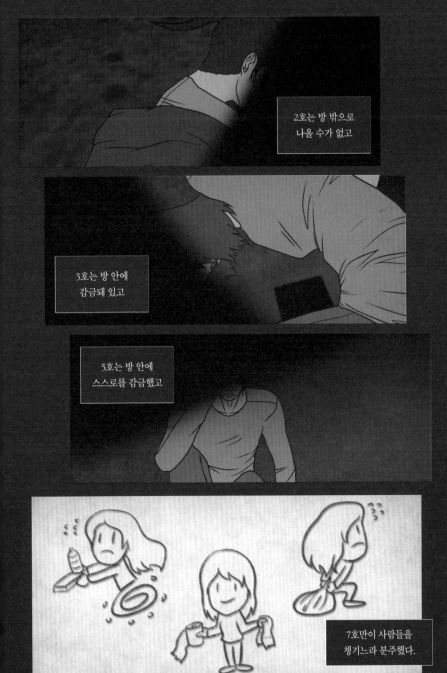

2호는 방 밖으로
나올 수가 없고

3호는 방 안에
감금돼 있고

5호는 방 안에
스스로를 감금했고

7호만이 사람들을
챙기느라 분주했다.

남은 날짜는
불과 보름 남짓.

사회에서의 보름은 짧았었다.
지내온 대부분의 '보름'이 무의미했으니까.
기억에 남을 만한 '보름'은 딱히 없었으니까.

하지만 이곳에서의 보름은 그 밀도가 달랐다.

하루가 멀다 하고 팝업되는 X같은 이벤트들 덕에
머리는 겁먹은 토끼 마냥 늘 사주경계 태세.
생존하기 위해 모든 걸 분석하고 해석하고 기억한다.

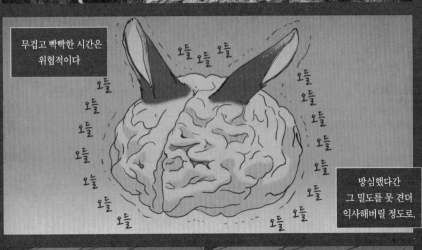

무겁고 빡빡한 시간은
위협적이다

오들 오들 오들

오들
오들
오들
오들
오들
오들
오들

오들
오들
오들
오들
오들
오들

방심했다간
그 밀도를 못 견뎌
익사해버릴 정도로.

뒤적뒤적왼손으로상자뒤적—

이. 오버쿠킹으로 터져버릴 것만 같은
대가리를 식혀줄 수 있는 건 오로지……

지만.

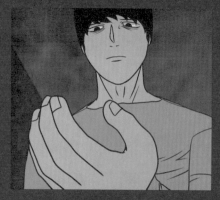

단 두 대.

스읍-

하아-

습하습-

남은 신경안정 도우미는
(어감도 무서운) 단 두 대.

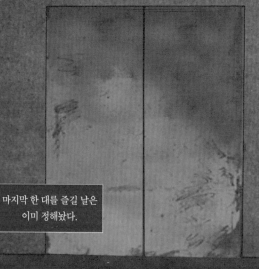

마지막 한 대를 즐길 날은
이미 정해놨다.

마침내 이 게임이 끝나는 날.

비로소 열린 닫혔던 문을
나서며 최후의 한 대를.

다꺼졋

억만장잣

나가신닷

그 이전의 한 대는,
돼지 잡은 범인을 잡은 날 안도와
기쁨과 감사의 마음을 듬뿍 담아
한주디 깊게 빨 예정이었지만

잠깐……
뭔가…… 뭔가 떠오를 듯한……

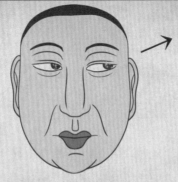

과거의 기억을 더듬을 때
시선의 방향은 좌상향 합니다.

분명……
내가 놓치고 있었던……

뭔가가……

냄새는 과거 기억을
불러일으키는 훌륭한 앵커입니다.

1호가 죽던……

그때의………………………

아!

한 명!

그래. 단 한 명. 용의자 중 범인이 될 수 있는 사람은 단 한 명 뿐이었다.
지치고 혼미해 보지 못하고 있었지만, 단서는 이미 모두 등장해 있었다.

그 단서들을 갈무리해 따라가면
그 끝에서 마주할 수 있는 사람은
오직 한 사람뿐.

확인해야 한다. 본인의 입을 통해
자백을 받아내야 한다. 그 고해성사가
성사돼야만 비로소, 마침내, 끊어낼 수 있다.

서로를 의심하고
배척하고 증오했던

이 질긴 악순환의 고리를
비로소 끊어낼 수······

흡.

뜻밖의 5호.
조심. 괜히 놀래켰다간
또 핵펀치 주실지도 모르니
낮고 상냥하게 인사를.

아, 안녕하세여
5호 님♥

응?

이것 또한 뜻밖의 개무시.
전엔 뒤에서 바스락거렸다고
갈비를 갈궈놓구선

철컥-

철컥-

이번엔 코앞에서 안녕 하는데도
없는 사람 취급을……

없는……

사람?

뭔가의 이미지를 떠올릴때
인간 눈알 우상향

아니. 그럴 리 없잖아.
작은 기적에도 소스라쳐
과잉방어 하던 5호였는데,

갑자기 개무시 태세로
전환할 리 없잖아.

그럼…뭐지? 왜 저러는 거지?
이젠 우리를 백퍼 신용한단 것인가?

아님, 나 따윈 1퍼도
위협이 안 된다는 걸 안 건가?
그것도 아니라면……

!

그것도 아니라면.
혹시. 5호는.
지금.

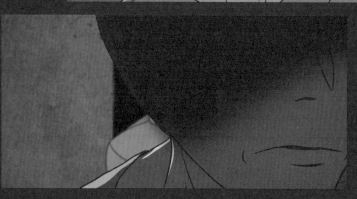

이 추측이 맞다면, 만약 그렇다면,
풀린다. 비로소. 어둠 속을 헤매고
있었던 수많은 미스테리들이

한꺼번에

백일하에

머니게임
MONEY GAME

#47

"그날의 진실"

명탐정 셜록홈즈는
이런 명언들을 남겼다.

보는 것과 관찰하는 것은
엄연히 다른 것이다.

불필요한 단서들을 제거한 후
남는 것이 진실이다.
그것이 아무리
불가능해 보이는 것이라도.

수수께끼는 모두 풀렸다.

범인은 이 안에 있어.

* 이건 아닙니다.

관찰하자, 비로소 깨달았다.
깨달자, 비로소 도달했다.

5

그때부터…
였나……

그동안 흘리고 놓쳤던 단서의 조각들을 다시 그러모아, 시간 순으로 재조립한다.

깡패와의
혈전 후

5호는 극도의
경계심을 보였다.

처음엔 사투와
살인의 후유증
때문이라 생각했지만.

단지 그것뿐만은
아니었다.
심리적 상처보다,
육체적 상처가 훨씬
치명적이었을 것이다.

제발…
제발……

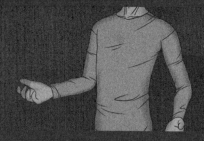

아마 이때쯤부터
다른 한쪽 눈도 빛을
잃기 시작했을 테니.

배급을
시작하겠습니다.

눈이 멀어가는
5호가 택한 생존법은
구매의 독점과

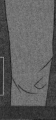

내 방에
들어오지 말랬지!!!

자가격리.

70억이……
사라졌다고?

더이상
잔액판을 읽을 수도,

적을 특정할 수도,

주먹을 적중시킬 수도
없었으니.

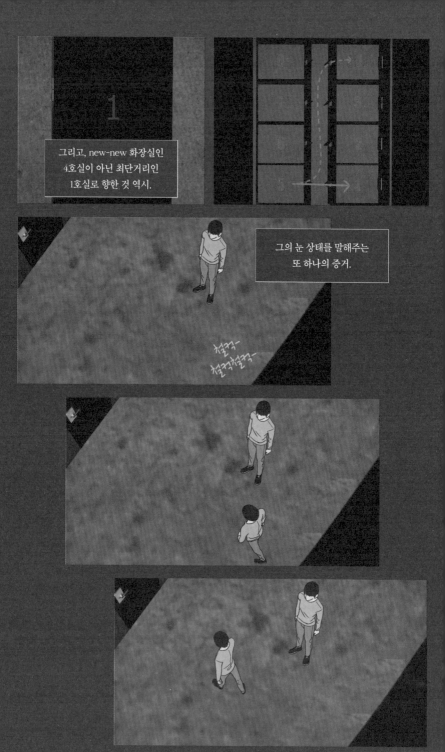

그리고, new-new 화장실인
4호실이 아닌 최단거리인
1호실로 향한 것 역시.

그의 눈 상태를 말해주는
또 하나의 증거.

철컥~
철컥철컥~

더듬
더듬-

철컥-

달칵-

역시.

역시…

그는
눈이 멀었거나

적어도
그렇게 되어가는 중이다.

그 사실을 깨달은 후 다시 계산을 해봤더니
정확히 맞아 떨어지더라구요.
18,043,289,000
180억에서 10%를 차감한 후, 치료제 20알의 가격인 50억을 빼고, 마지막으로 식음료대 3천3백을 빼면.
정확이 이 금액이 나옵니다.
11,205,969,000
10%가 차감된 이유는 누군가가 본인의 방을 벗어났기 때문이고…

그 누군가는,
이미 밝혀진 대로

2호 님……이죠

약을 구하기 위해
5호 님 주위를 맴돌던
당신은

그 사람의 시력…그리고
아마 청력도, 정상이 아니란 걸
눈치챘을 겁니다.

그때 결심했겠죠. 몰래
약을 구매해야겠다고

작전은 단순해요. 5호실에 몰래 숨어들어간 후, 그가 잠에 빠지면, 조용히 약을 산다.

물론 단순하다 해서 위험하지 않단 건 아닙니다. 만약, 구매 중에 5호가 깨기라도 했다면……

하지만. 약을 못 먹으면 어차피 죽거나 폐인이 될 테니 이러나 저러나 똑같다 생각했겠지.

44,800,000,000

이. 선택을 가장한 강제야말로 이. 게임의 본질이자 정수니까.

어차피……
남은 건 빚뿐인데

참가 안 할 이유가 없잖아……

2호는 대답이 없었다. 하지만 괜찮다.
진짜 대답이 필요한 질문은 따로 있으니까.

그리고 또 하나
깨달은 게 있어요

1호를 죽인
사람……이

2호 님이란 걸.

1호가 죽었을 때
3,4호는 포박&감금 중이었다.

이에 1호 살해의 용의자는 총 4명. 아니, 정정한다. 나를 빼면 3명.

5호는 용의자에서 빠진다. 사건 당시엔
몰랐었지만, 그는 마음만 먹으면 손쉽게
우리를 제압할 수 있는 사람… 이지만.

보여준 행동은 그 반대.

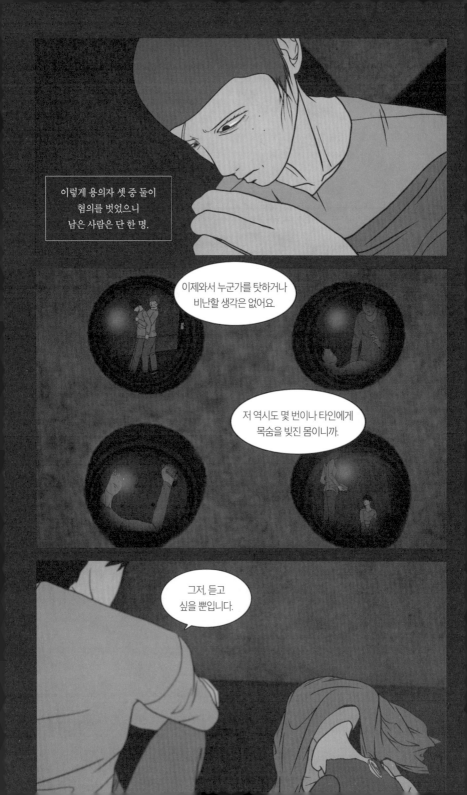

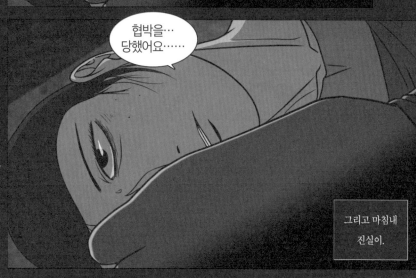

협박을…
당했어요……

그리고 마침내
진실이.

이, 이거 드세요…
약……

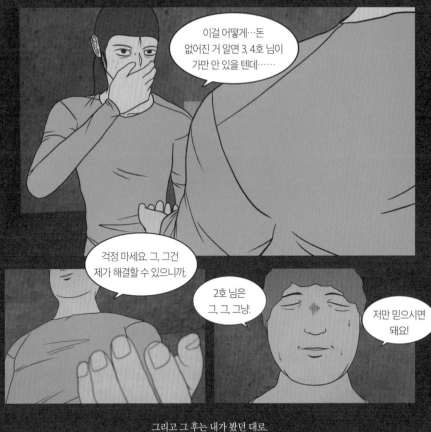

그리고 그 후는 내가 봤던 대로.

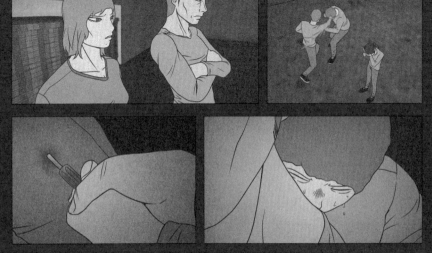

그리고 그 후의 일 역시 내가 알던 대로.

내가 보고 또 아는 건 여기까지. 그 다음의 사건은.

내, 내가 다 구해 줬는데…베개 정도는 사도 되, 되, 되는 거 아녜요?

오늘 저, 저녁은 치킨을 먹어야겠어.

그, 그, 그렇게 정했어……

같이 먹어요 2호 님. 제, 제, 방에서.

그는, 스스로 쓴 영웅사가에 취해 집요하게 특권과 보상을 요구했다.

하지만 제가 계속 거부하자……

어느 날… 할 말이 있다면서……

4호랑은……
같이… 두,둘이 같이……
바, 바, 방에
가려고 했잖아요……
2, 2호 님
자기 발로.
그 까, 깡패한텐
그랬으면서… 왜…
왜 나는… 나한테는……
내가… 사탕도… 치킨도…
약도…… 목숨도……
다, 다, 다, 다, 다
줬는데…………

왜 나한테느은!!!!

아무것도 안주냐고오오오!!

1호 님… 어째서…
어떻게… 그런 말을
할 수가……

머니게임
MONEY GAME

#48

"일상이 다시 일그러지다"

내가

또 이용당할 것 같아?

돼지는 그렇게
돼지가 되었고

돼지가 된
돼지는

가……

가만히 좀…

돼지답게

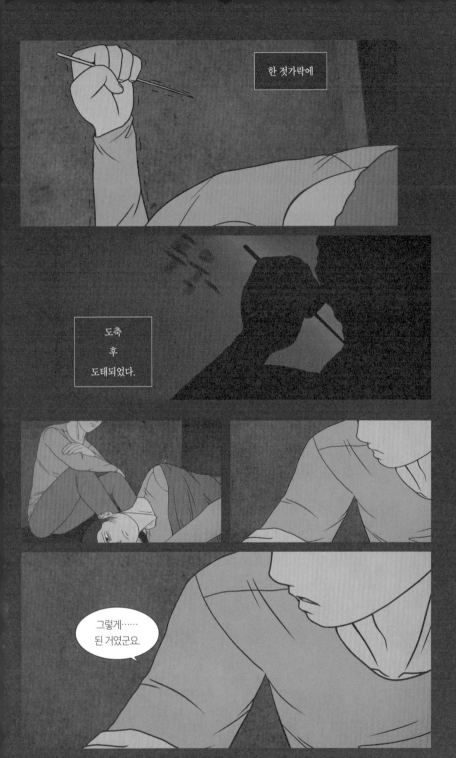

미칠 것 같았거든요.
1호가 죽은 이후로, 계속.

참가자들 중에 돈을
노리는 살인마가 끼어있다고
생각했으니까요.

하지만… 용기 내주신
덕분에, 말해주신 덕분에,

비로소 해방됐습니다.
언제 살해당할지 모른다는
공포에서.

다시 한번,
감사드려요.

그럼…몸, 빨리
나으시길……

58

큰 수수께끼가 풀리자
작은 수수께끼 따위
1+1 보너스로 풀렸다.

약!!! 약 줘!!!
야아아아아악!!!!

내 약!!!!

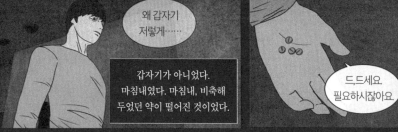

왜 갑자기
저렇게……

갑자기가 아니었다.
마침내였다. 마침내, 비축해
두었던 약이 떨어진 것이었다.

드, 드세요
필요하시잖아요

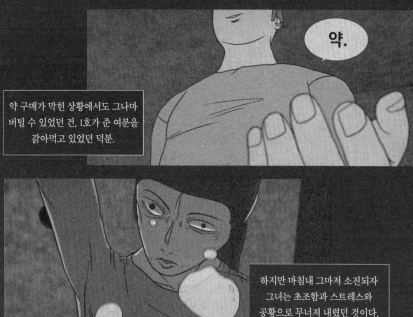

약.

약 구매가 막힌 상황에서도 그나마
버틸 수 있었던 건, 1호가 준 여분을
갉아먹고 있었던 덕분.

하지만 마침내 그마저 소진되자
그녀는 초조함과 스트레스와
공황으로 무너져 내렸던 것이다.

파 앙-

펄럭-

그래서 이 모든 걸
꽁꽁 숨기고 감춰온
2호의 지난 행적들에
화가 났는가 하면

아니. 오히려 그 반대.

그랬군요…
2호 님이……

알려주셔서 고마워요

이제 조금은… 맘 편히
지낼 수 있게 됐네요

나도 정확히 같은 감상.
이젠 안심할 수 있다.

이젠 두 발 뻗을 수 있다.
이젠 비로소,
숙면을 취할 수 있다.

돼지의 사망은 그저 사고.
단지 정당방위. 두려워했던
사이코패스 연쇄살인마 같은 건
처음부터 존재하지도 않았다.

깨달으니 납득이 갔다. 애써 모은 참가자들이
허무하게 탈락하는 걸 방지하기 위해
무기 구매도 막아버린 주최 측에서

프로급 살인마를 투입해
게임을 일방적으로
터져나갈 설계 따위 할 리 없다는 걸.

결론은 : 모두가 사고였을 뿐.
죽은 사람들. 모두가.

다행……

이 결론이 의미하는 건.

정말로……

그토록 바라던
안전과 안정. 평온과 평안이

다행…
이…

마침내 찾아왔다는 것.

DAY 85 {-33,000,000}

선의지만으로 유지 가능한 사회는 없다.
'선'의 정의는 사람마다 상황마다 다르기 때문에.

11,007,969,000

DAY 86 〔-33,000,000〕

그래서 사회는 법이라는, 최대한의 사람들이 동의한
최소한의 '선'을 규정하고 강제했다.

10,974,969,000

DAY 87. 〔-33,000,000〕

이 최저한의 '선'의마저 지키지 않는 자에겐
불이익을 주어 억제력을 갖추었지만

10,941,969,000

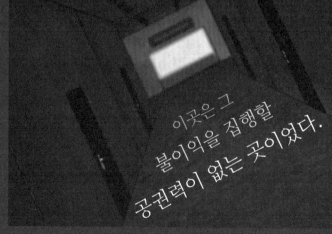

이곳은 그
불이익을 집행할
공권력이 없는 곳이었다.

그가

5

왕좌에 앉기
전 까지는.

본인이 집행할 법을
누가 제정했느냐 하면
그 또한 그 자신.

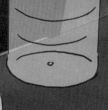

본인이 제정하고 집행하는 법을
누가 가장 철저히 지키고 있느냐 하면
그 또한 그 또한 그 자신.

44,800,000,000

41,500,000,000

최종 상금은 인당 52억이군요. 100일 동안 수고 많으셨습니다.

41,500,000,000

안다. 역사에 만약은 없다는 걸.

피식─

이 상상은. 어디에도 없는.
존재하지 않는. 유토피아 같은
공상이란 걸. 알고 있다.

아마 이 망상대로
게임이 진행됐다면
훨씬 빨리 쿠데타가
벌어졌을지도 모르지.

그렇다면 훨씬 빨리
현군을 잃고, 나 또한
진작에 축출되었을지도 모르지.

그러니 지금이 최선.
언제나 현재가.
지금으로선 최선.

게임이 끝날 때까지.
5호의 비전과 약속이
일그러지는 일만 없다면.

문제될 건.
더이상.
아무것도.

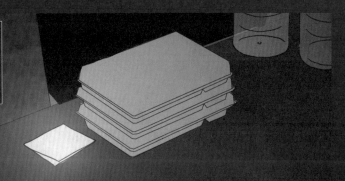

하지만
바로
다음 날

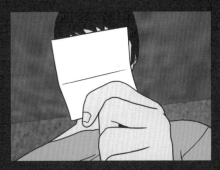

일상은
일그러졌다.

식음료대 3천3백만 원 외
비정기 지출 발생.

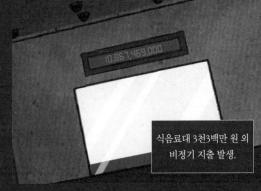

지출액은 크지 않지만

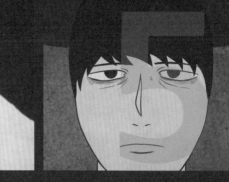

문제는 금액의
대소 따위가 아니라

'약속'의 파기.

비틀-

비척-

하아-
하아-
하아-

게임 내내, 어떤 개 같은
상황에서도 초인적인 인내력과
절제력을 보여주던 5호가.

모두에게, 그리고 스스로에게
한 약속을 저버렸다는 건.

안 좋아……

이는 5호의 상황이
심각하다는 것의 방증이며
그리고 이 방증은 또한

이건…
진짜……

고요하던 일상이 끝나고

고요하지 않은 비일상이
시작되리란 것의 재방증

72

아.

초월적 권력을 지닌
통치자……니까, 그 철인이
태세 전환을 하면.

"뭔가 초월적으로 안 좋은 일이 벌어지지 않을까요?"

머니게임
MONEY GAME

#49

"5호의 상태"

그리고, 5호 님이
룰을 깼을 정도라면,
병세도……

네. 심각한 상태
겠죠. 아마도.

이 지저분한 곳에서
그 지저분한 주먹에

4호도 허벅지를
찔렸는데 나았었잖아요

눈과. 귀가. 온몸이. 곤죽이 되도록 맞았으니
그렇게 되지 않는 게 오히려 이상하겠지만.

그렇게 심하게
부어올랐었는데.

그러니……
5호 님도 나을 수
있지 않을까요?

저도 그러기를 바라지만…상황이 다르니까요

4호 님은 평소 잘 먹고 잘 쉬었지만, 그분은……

7호의 말에 깨달았다. 거의 90일, 이 게임이 진행되는 내내

그가 무언가를 바라거나 요구하는 걸 본 적이 단 한 번도 없다는 것을.

생각하면 할수록 대단한
사람인 것 같아요. 어떻게
그렇게 인내할 수 있는지……

그래서 더 안타까워요.
참고 견디기만 하시다 이
상황까지 온 것 같아서.

스스로 회복한다면
정말 다행이지만

증상이 더 심해져 패혈증
같은 거라도 걸린다면……

7호는 뒷말을 흐렸지만
듣지 않고도 알 수 있었다.

그렇게 된다면
치료할 방법은 없다.

치료할 방법이 없으니
살 방법 또한 없다.

야. 들음?

그새X 나대다
개발렸다던데ㅋ

뭐. 누가 발렸다고?

그 애매하게
대가린 척하던 놈 있잖아.
애들 찝쩍대던.

아. 그 X끼?

짝짝이ㅡ

왜, 누구한테
맞았는데.

7호와 함께
5호실을 방문했다.

5호 님! 계세요?
5호 님!!

비록 무면허 야매 수의사긴 하지만, 우리 중 그나마 의료 지식……
아니, 의료 상식 정도는 가진 사람이니.

5호 님! 문 좀
열어보세요! 5호 님!!

하지만 대꾸도
기척도 없었다.

철컥철컥—

안 열려요 뭔가로 막고
있는 것 같은데, 어쩌죠?

아…… 그래요?
그럼……어……

선택지는 두 가지.

1. 강제입실

2. 이만후퇴

1번을 선택했을 경우
아마 높은 확률로

내 방에!

짜아악—

들어오지
말랬잖아으아!!!

버억—

오랜 시간 문 앞을 지켰지만
결국 그는 방 밖으로 나오지 않았고

그렇게 또
소득없는 하루가 지나갔다.

밤이 오고

점점 어둠이 짙어지고
점점 소리가 사라지자

점점 또렷이 들려왔다.

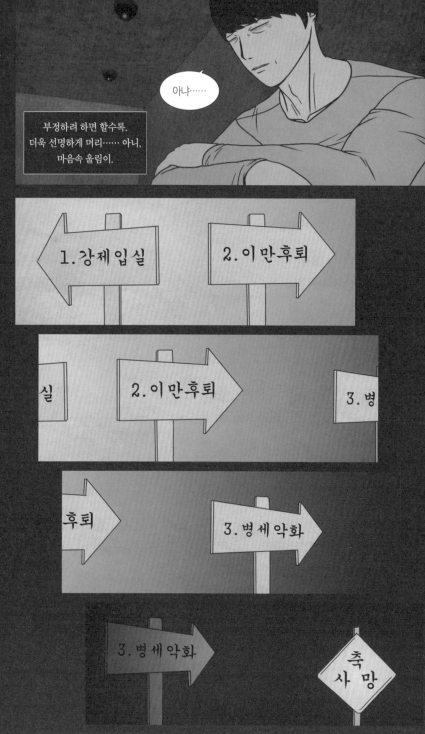

이런 생각을. 계산을. 멈출 수 없는 내 자신에게 너무 소름이 돋았다.

그는 참고 인내하는 사람이었고

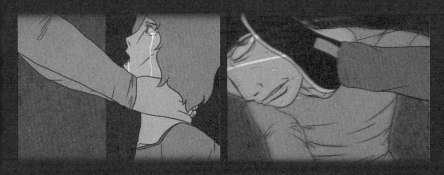

그는 불의를 방조하지 않는 사람이었으며

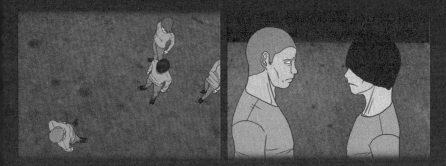

또한 그는 우리의 수호자이자 구원자였다.

닥쳐!!!!

그래! 해봤어! 계산!
하지만 그렇다고 그걸
바란다는 건 아냐!!!

아무리 돈이 좋아도!
상금이 탐나도!!!
그걸 바라진 않아!

양심이 조금이라도
있다면, 그딴 걸 바랄
사람은 없다고!!!

아. 그래?

ㅋ

그래. 아니다. 그는. 5호는.
이런 취급을 받아선 안 되는 사람이다.

하아-
하아-
하아-

내내 양보와 희생만 했던 사람이다.
그런 그가, 우릴 구하느라 얻은 상처로,
그 상처가 곪아, 목숨이 위태롭다.

죄송…합니다……
죄송해요… 정말……

죄책감이 심장을 옥죈다.

내가 좀 더 빨리
힘을 보탰다면.
좀 더 적극적으로
폭력에 맞섰다면……

죄송합니다…
죄송합니다…
죄송합니다…

나를 원망해도 할 수 없는 일이다. 아니,
차라리 원망해준다면 마음 편할 것 같다.
아마 나였다면, 소인배 같은 나였다면.

죄송……
합……

그냥 넘어가진 않았을 것이다.
내가 그와 같은 상황이라면, 내가
이 사람들 때문에 죽게 생겼다면,
억울해서라도 남은 돈을……

남은

돈을

어차피 죽을 거 남은 돈 같은 거.
X돼바라 하고. 다 써버리겠지.

그리고 내가 그런 마음을
먹을 수 있다면

5호 역시 그런 마음을
먹을 수 있지 않을까?

좋은 게임이었다……
이제 얌전히 죽어야지.

끄-읕!

그럴 리가 없다. 누가 그러겠어. 나도 누구도 못 그럴건데. 그가 왜 그러겠어.

심지어 전 참가자 중
오직 자신만이 구매 권력을
쥐고 있는 상황인데.

두근—

두근— 두근—
두근— 두근— 두근—
두근—두근— 두근—
두근— 두근—두근—
두근— 두근—두근—
두근— 두근—두근—
두근— 두근—두근—
두근—두근— 두근—
두근— 두근—
두근— 두근—

여기까지 생각이 미치자.
미쳐버릴 것 같았다.

배급?

왜? 왜 번거롭게
배급 같은 걸 하지?

미리 사놓으면
되잖아. 식량은.

안녕하세요 5호입니다.
나눠 드릴 열흘 치 식량
구매 완료했습니다.

그 후 제 방 버튼도
산산조각 부쉈으니 안심하고
게임을 즐겨 주세요

이렇게 할 수도
있는 거잖아.

아니, 당연히 이렇게 했어야
하는 거잖아.

당신이 정말로
우리가
믿고 따를 수 있는

현군이라면.

머니게임
MONEY GAME

#50

"마지막 제안"

10,539,769,000

밤새 사라진
3억 남짓의 돈과

제멋대로 나뒹굴고
있는 식음료가

5호의 상태가 얼마나 심각한지를
대변해주고 있었다.

이건……

위험해……

5호 님이 그러시리라곤
생각하지 않지만······

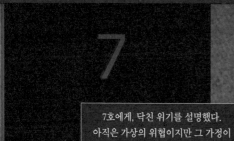

7호에게, 닥친 위기를 설명했다.
아직은 가상의 위협이지만 그 가정이
실재가 된다면 돌이킬 수 없는 대재앙의
엔딩을 맞게 될 거라 설득했다.

네. 하지만 만약,
만에 하나라도.

정말로 그런······
선택을 한다면······

8호 님은요?
어떻게 하는 게 맞다고
생각하나요?

최대한 빨리 부숴야
한다고 생각해요. 마지막
남은 그 버튼도.

그래야 5호 님을
믿을 수 있을 것 같아요.

과거엔 언터처블의 강캐였지만 지금은 그저 눈먼 병자일 뿐이니.

물론 그렇게까지 할 생각은 없어요 우선은 대화로 설득해봐야죠.

그분 입장에서도 불필요한 충돌은 피하고 싶을 테니까.

그렇게 우리는

이 원정만 성공적으로 마친다면

네, 그럼…
그렇게……

끝판대장이 사는 5호실로 최후의 원정을 떠났다.

5호실 버튼만 성공적으로 파괴한다면

마이 프레샤쓰!!!

보장된다.
지킬 수 있다.
남은. 거금. 100억을.

술에 한정한 알콜중독자도

돈에 미친 정신병자도

주제파악을 못하던 돼지도

약값을 탕진하던 희귀병자도

그리고 버튼을 독점하던 철의 군주도

모두. 모두.
사라지게 될 테니.

HAPPY END

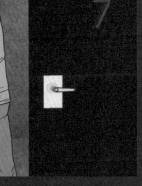

거기까지 생각이 미치자,
희망과 불안이 뒤섞인
묘한 흥분이 심장을
요동치게 만들었다.

제발……

그러니 제발, 5호 님아 제발.
우리가 제시할 이 너무나
공정하고 합리적인 제안을.

뚝뚝-

반항 말고, 흔쾌히
받아들여 주시기를.

왕의 처소의 출입문은 생각보다 쉽게 허물어졌다.

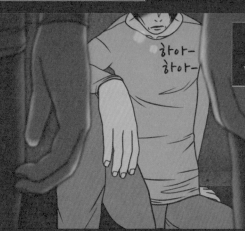

그에겐 이제,
문을 막아설 기력조차
남아 있지 않은 것 같았다.

저……
5호 님……

하아-
하악-
하아-

5호 님……
들리세요?!

······

그리고, 외부 침입에
대항할 기력 또한
남아 있지 않은 것 같다.

······?

5호 님. 드릴 말씀이
있어서 찾아왔······

7호는 부드러운 어투로 설명을 시작··· 하려 했으나 5호의 청력이 상한 관계로.

우오오오오오호 님!
드릴 말씀이!!!

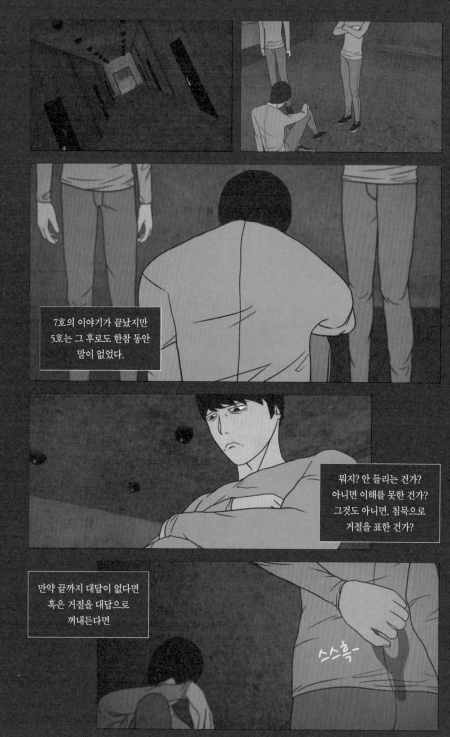

7호의 이야기가 끝났지만
5호는 그 후로도 한참 동안
말이 없었다.

뭐지? 안 들리는 건가?
아니면 이해를 못한 건가?
그것도 아니면, 침묵으로
거절을 표한 건가?

만약 끝까지 대답이 없다면
혹은 거절을 대답으로
꺼내든다면

스스흑~

제 출전은 언제 입니까 감독님?!

이러다 경기 끝나겠네!!!

해야 한다. 해버린다. 강제로라도, 버튼을……

저 역시……안 해봤다면 거짓말이겠죠.

여기서 이대로 죽게 된다면……당신들을 용서 할 수 있을까… 하는 생각을.

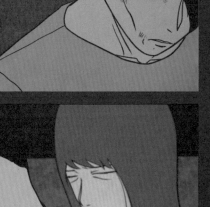

왜 그러신거죠.

아니, 왜 아무도……
그렇게 하지 않으신 거죠?

왜 절제하지 않은 거죠?

왜 믿지 않은 거죠?

제……

약속할게요. 남은
돈은 손대지 않겠다고.

대신……한 가지
조건이 있습니다.

부스럭-

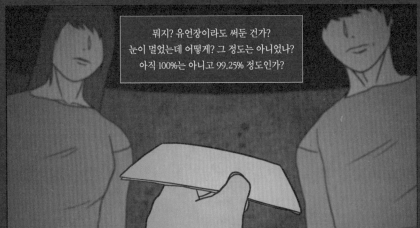

뭐지? 유언장이라도 써둔 건가?
눈이 멀었는데 어떻게? 그 정도는 아니었나?
아직 100%는 아니고 99.25% 정도인가?

쪽지의 내용은
유언장도 러브레터도 아닌
계약서.

게임 종료 전 본인(5호)이 사망할 경우, 우승자
들은 획득한 상금의 20%에 해당하는 금액을
갹출해 아래 계좌로 송금할 것에 동의합니다.
송금의 이행자는 머니게임의 주최측이 됩니다.
(⬛⬛은행 : 210-⬛⬛⬛⬛⬛⬛⬛3)

2호 　(인)
3호 　(인)
7호 　(인)
8호 　(인)

건조하게 쓰여진 계약서에서
그에 대비되는 절박함이 느껴졌다.

그리고 의구심이 들었다.
계약의 내용이 아니라 효력의 여부가.

모두의 동의와 사인을 받아 제출한다 해도,
주최 측이 이를 인정하고 이행해주리란 보장이
어디에 있는가.

부수겠습니다.
제 방. 마지막 버튼을.

그리고……
저 역시.

이대로…
조용히……

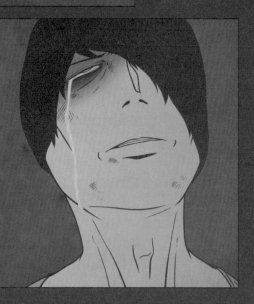

사라지겠습니다……

머니게임
MONEY GAME

#51

"죽여야 해"

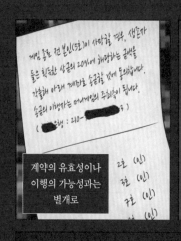

계약의 유효성이나
이행의 가능성과는
별개로

5호가 제시한 조건은
지금 그가 할 수 있는
최선의, 그리고 유일한, 딜.

하아-
하아-

죽음을 피할 수 없는 상황이라면
상금을 얻을 수 없는 현실이라면

구매버튼을 칩으로 걸고 하는
이 도박이 그가 할 수 있는
마지막 발악.

약속드리겠습니다.

이 제안만 받아들여
준다면, 이후 어떤 요구도
하지 않을 것.

하지만…그러지 않길 바라지만, 여러분이 거부한다면.

저 역시……다른 수단을 생각할 수밖엔 없습니다.

다른 수단. 이 뭘 의미하는지는 알 것 같다.

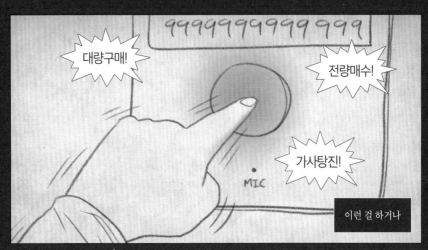

대량구매!

전량매수!

가사탕진!

이런 걸 하거나

일망타진!

동귀어진!

사망유희!

요런걸 해버리겠단 뜻이겠지. 하지만.

솔직히 말하자면 이젠 별로……
아니 전혀, 무섭지 않다.

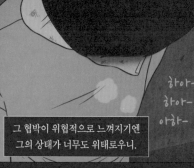

하아-
하아-
아하-

그 협박이 위협적으로 느껴지기엔
그의 상태가 너무도 위태로우니.

5호 님 제안,
받아들이겠습니다.

2호, 3호 님도
사인하시도록
제가 설득해 볼게요.

그동안 신세만 졌으니…
이번에는 저희가 도와드릴
차례입니다.

쿨적적-

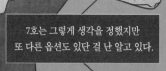

7호는 그렇게 생각을 정했지만
또 다른 옵션도 있단 걸 난 알고 있다.

저들도 계약을
인정해줄 거라 믿어요.

이건 참가자들 사이의
자발적 계약이니까, 분명
효력이 있을 거라 생각해요

감사… 합니다……
모두……

7호의 인류애 충만한 대사가
절절한 브금으로 깔리며

마지막 도박의
주사위가 구르기 시작한다.

2호는 별다른 질문도 의문도 없이
사인에 동의했다.

그 한결같은 무반응이, 삶의 대한 무의지를
보여주는 것 같아 씁쓸했다.

돈!

돈!

또!

대!

국

3호는 (여전히) 동의나 비동의를
구할 만한 멘탈은 아닌지라

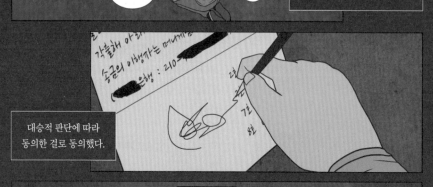

대승적 판단에 따라
동의한 걸로 동의했다.

7

그리고 나와 7호의
사인을 마지막으로

8

전원 사인 완료.

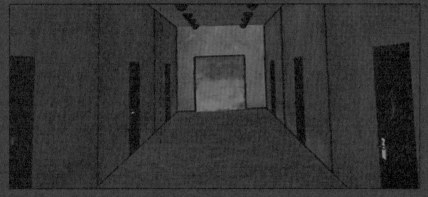

지금쯤 계약서는
배송구를 통해 잡부들의 손에.

그럼 곧 주최 측도
세부 내용을 파악하게 되겠지.

무슨 생각을 할까?
게임 시작 이후 최초로

모종의 '대화'를 요청한
우리를 보며.

대답이 돌아올까?
아니면 무시할까?

솔직히 말하자면……
5호에겐 미안하지만 그들이 응답을
주리라곤 기대하지 않는다.

사람이 다쳐도

죽어도

또는 죽을 예정이라 해도

일체의 반응이지 않는 그들은

그 쇼의 즐거운 관객들일 뿐이니

하지만 그에게 굳이 내 생각을
말해줄 필요는 없다. 어떤 결론이 나든,
결국은 부숴질 테니까.

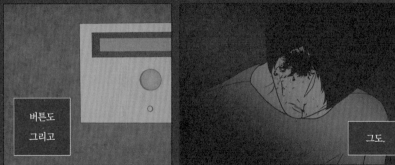

버튼도
그리고

그도.

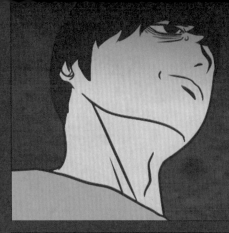

10,539,769,000

내가 헛것을 보고 있나?
아니면, 뭔가 착각하고 있나?

왜 어제와 오늘의 잔액이
똑같은 거 같지?

아니. 헛것도 착각도
아닌 것 같다.

5호실 앞에, 있어야 할 것이 없다.
그는 밤새 아무것도 사지 않았다.
식음료도 의약품도 그 무엇도.

5호는 살아 있었다. 하지만 산 사람보다는
죽은 사람에 가까워 보였다.

부스럭~

계약서를 읽자
그 이유를 알 수 있었다.

OXOO

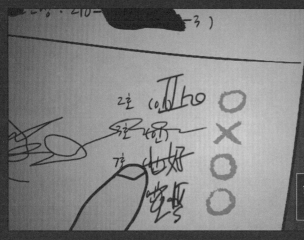

3호 옆 X 표가 의미하는 건
틀림없이

착한 사인은 똥그라미!
못된 사인은 엑스야!

동의없이 받아낸 3호의 사인은
무효라는 사인.

주최 측이 답을 들려준 건
예상 밖이었다.

7호의 말대로, 참가자들 사이에서만
효력이 발생하는 것이니 본인들의
직접 개입은 아니란 판단을 내린 건가.

133

그 대답이 무효 선언인 건
더욱 예상 밖이었다. 어쩌면
무응답보다 더욱 잔인한…판결.

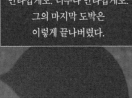

안타깝게도. 너무나 안타깝게도.
그의 마지막 도박은
이렇게 끝나버렸다.

그 오랜 시간을
인내하고, 버티고, 맞서온 끝에.
끝끝내 그가 얻은 것이라곤……

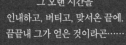

잘못 들은 게 아니다.

똑똑히 들었다.

5호가 나지막히 읊조린 말은··· 분명히.

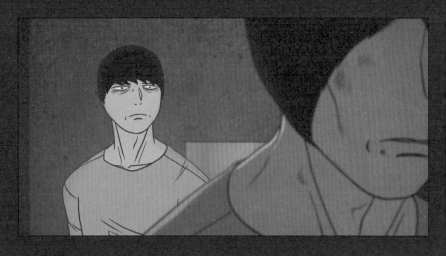

"죽여야 해."

였다.

머니게임
MONEY GAME

#52

"마지막 희망"

안 돼요. 딴 건
다 버려도 그건.

음? 왜? 나 시합
하는 거 싫어했잖아요

다치는 게 싫었던
거지 상이 싫은 건
아니니까요

난 그 상
자랑스러워요

미안해요. 내가……
눈만 이렇게 안 됐어도……

139

아뇨, 말했잖아요.
상은 좋지만 다치는 건
싫다고

이젠 더 다칠 일 없어서
다행이라고 생각해요.

당신은 안 먹어요?
사과 좋아하잖아요

저는 됐어요
새벽일 다니는 사람이
몸 챙겨야죠

전 요새
소화가 잘 안 돼서…

철컹-

꿀꺽-

5호가 제시한 계약서는, 3호의 사인이 인정되지 않아 무효 처리되었다.

OXOO

이를 바꿔 말하자면

O OO

3호만 사라지면,
이 계약은 온전한 효력을 발생한다는 것.

그러니 5호가
'죽여야' 하는 사람이
누구일진 뻔하다…

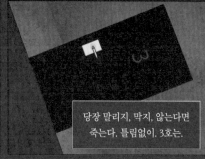

당장 말리지, 막지, 않는다면
죽는다. 틀림없이. 3호는.

돈……

내 돈……

5호가 아무리 병약해졌다 해도
무저항의 3호를 죽이는 건
일도 아닐 테니.

하지만, 알고 있지만,
그럼에도 불구하고,
내가 움직이지 않는 건

씨이X……

아직
판단을 내리지
못했기 때문이다.

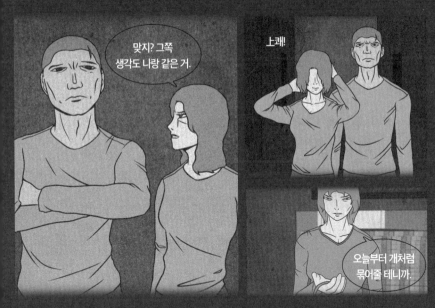

그녀는, 4호의 무력을 손에 넣은 후 끊임없이 참가자들을 괴롭혔다.

룰을 어겨 수십억을 날려먹기도 했다.
하지만 그 무엇보다 용서할 수 없는 악업은

감금돼 있던 깡패를 풀어준 것. 그 결과로, 그 나비효과로.

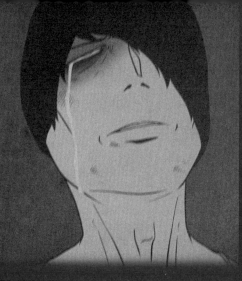

5호는 다쳤고,
그리고 병들었고,
결국 죽어간다.

권선징악……

이라는 생각이 들었다.

누구나 말한다. 사람 목숨에 경중은 없다고. 하지만 목숨에 경중이 없단 말은,
둘 중 누구의 목숨도 똑같이 하나의 목숨으로 카운트된다면

5호의
목숨이 아니라.

3호의 목숨을
희생시키는 게
바른 선택 아닌가?

그러니 악한 3호가
선한 5호의 주먹에 맞아죽는 게
더 옳은 판단이……

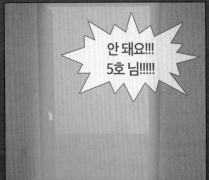

안 돼요!!!
5호 님!!!!!

어.

…등의 생각에 침전되고 있던
날 깨운 건 7호의 다급한 외침.

5호 님! 제발!!
5호 님!!!!!

퍼뜩 정신이 들었다. 내가 뭘 하려 한거지?
'살인'을 방조하겠다고? '살해'를 권장하겠다고?

그게…… 멀쩡한 정신을
가진 사람이 할 생각인가?

아니,
믿지 않을 것이다.

저는 7호 님을 믿지
않습니다. 애초에 여기 있는
누구도 믿은 적 없습니다.

…라고 생각했지만.

계약서! 그래요! 제 돈
준다는 계약서를 쓸게요!

그럼 돼요! 봤잖아요!
주최 측도 인정하는 거!

그러니까…
제발……

5호 님…
제바아알……

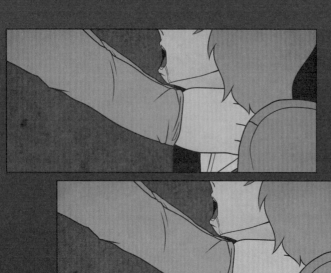

7호의 설득이
5호를 설득시켰다.

케엑 컥-

쿨룩쿨룩-
컥-

감정적 호소와 합리적 조건을
겸비한 훌륭한. 설득.

털썩─

잘하셨어요…

잘 참으셨어요
5호 님……

잉잉─

또다시. 그녀의 현명한 중재로
또다시. 정체절명 위기를 종료.

죄송…
합니다……

정말…
죄송… 합……

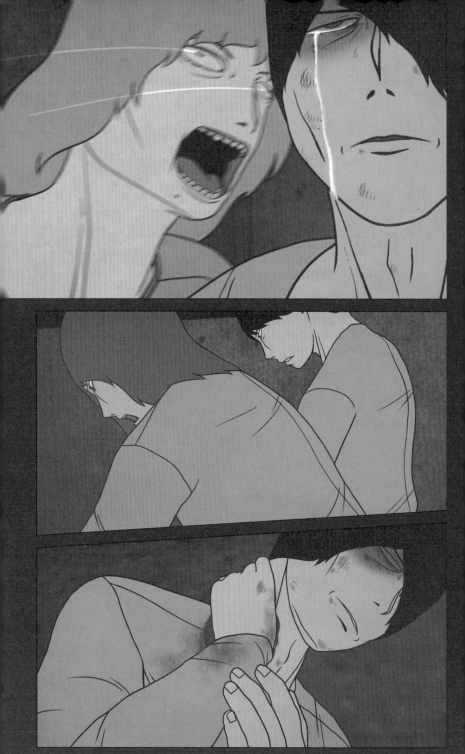

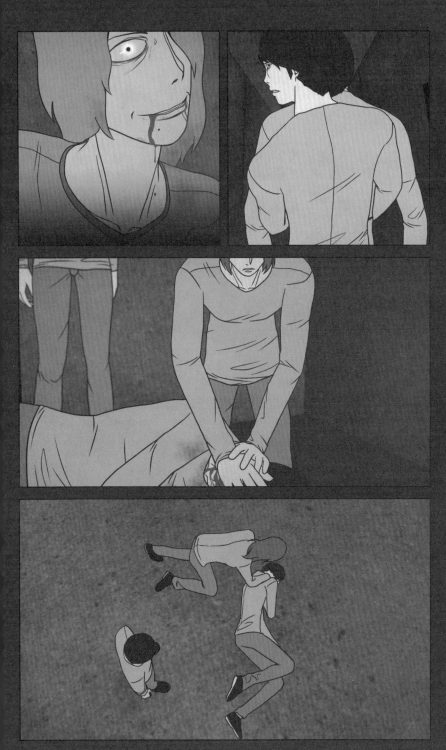

151

사고였다.
누구의 책임도 물을 수 없는. 사고.

책임질 사람은 없지만
죽어가는 사람은 있는
안타까운. 사고.

이 사고는 너무나 안타깝지만.
이제 더는 미룰 수 없다고 설득했다.
부수지 않으면 또 어떤 사고가
발생할지 모른다고.

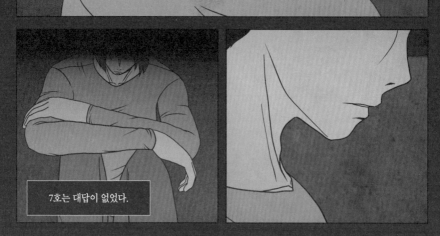

7호는 대답이 없었다.

오늘밤은 5호실에 있겠다고 설득했다.
식음료와 의약품을 구매하고 버튼을 부수겠다고.

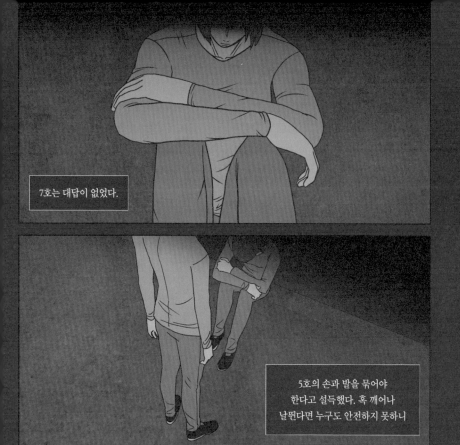

7호는 대답이 없었다.

5호의 손과 발을 묶어야
한다고 설득했다. 혹 깨어나
날뛴다면 누구도 안전하지 못하니

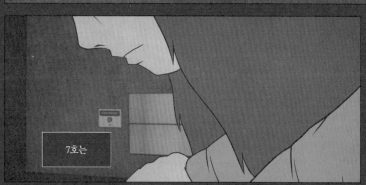

7호는

알겠습니다……

대답했다.
그렇게.

153

띠릭~

10,539,769,000

게임 시작 후 처음으로

삐비리릭~
철컥~

다른 참가자의 방에서
밤을 보내게 됐다.

마음이 편치 않다.

이 우울한 감상의 원인은
숙소의 낯설음 때문이나
10% 확정차감의 쏩쓸함
때문만은 아니다.

가장 큰 지분은 5호 때문.
아니, 그에게 쓰이는
내 마음 때문.

기적적으로 몸이 나아
그가 한 노력과 희생에 대한
정당한 몫을 받는다면,

이 씁쓸한 감상도
조금은 씻겨질 것 같지만.

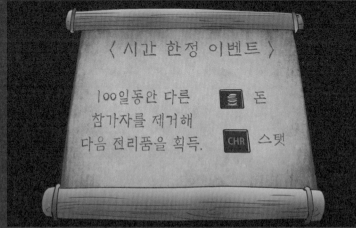

〈시간 한정 이벤트〉

100일동안 다른
참가자를 제거해
다음 전리품을 획득.

돈

CHR 스탯

그런 기적에 기대기엔, 이곳에선 오직 기적…
적으로 꼬여간 이벤트들만 있었을 뿐이라

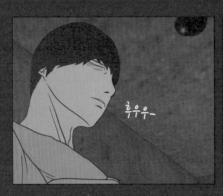
후우우-

지금은 그저
해야 할 일을 할 수밖에.

삐빅-

그리고 그 외의 나머지 것들은
인간이 아닌 신의 처분을
기다리는 수밖에.

1형 전투식량 50개.
2리터 생수 50병……

……

그리고 항생제랑
소독약, 거즈도⋯⋯

뿌드득_

응?

뿌득_
뿌드드드드득_

뿌득_
뿌드드득_

어……

아니 어쩌면.
신의 처분보다.

우드드득-

인간이 내릴 처분이
먼저일지도.

쩌
아
아
아
악

머니게임
MONEY GAME

#53

"마지막 구매"

'뱀 앞에 개구리처럼
꼼짝 못한다.'

…라는 말을 처음 들었을 땐
무척이나 의아했다.

왜 꼼짝하지 않는 거지?
넋 놓고 있으면 백 프로 죽는데.

살 확률이
조금이라도
더 높은 거 아님?

희박하긴 해도,
도망치거나
저항하는 게

꿀꺽-

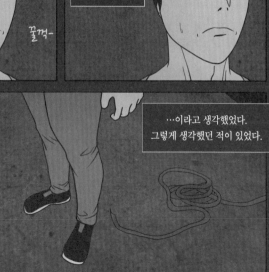

…이라고 생각했었다.
그렇게 생각했던 적이 있었다.

하지만.

이제는 이해가 간다.
개구리가 왜 그랬는지.
왜 그럴 수밖에 없었는지.

개구리는
알고 있었던 것이다.

저항 후 고통스런 죽음보다는
포기 후 빠른 죽음이 편하다는 걸.

어…저기……
그게……

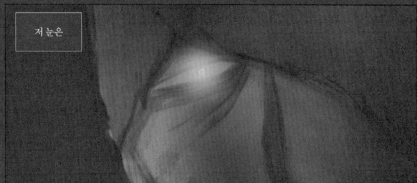

저 눈은

기꺼이 죽일 준비가 끝난 눈.
누구라도 저 눈을 마주하게 된다면

저, 저기요…
잠시…어……

개구리가 얼마나 현명했는지
깨달을 수밖에 없……

어어어어
어어어어어

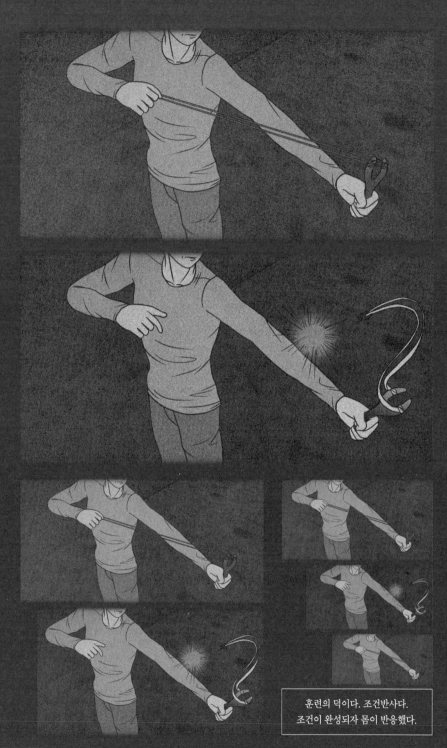

훈련의 덕이다. 조건반사다.
조건이 완성되자 몸이 반응했다.

164

5호 님! 멈춰요!!
그만요!! 제발!!

뭐지? 안 들리나?
아니면 설마……
오해하고 있는 건가?!

내 돈 줍니다.

알겠습니다.

이 일련의 사고들이.
사고가 아닌 함정이었다고
생각하고 있는 건가?

감사합니다.

훼이큽니다.

5호 님!! 그만!!!
쏴요… 쏜다구요 진짜!!!

상식적으로 말도 안 되는
의심이다. 하지만 그런
상식을 기대하기엔

그에겐 상식을 떠올릴
의식이 없다. 그를 움직이게
하는 건 아마도 순수한⋯⋯

쿠웅-

먹혀들었다.
제대로.

예상대로 이 무기는 강했다.
기대 이상으로 잘 먹혔다.
그렇기에 오히려

하악-
하악-
하악-
하악-

더이상 사용하고 싶지 않다.
여기까지가 내 이성이
용인한 한계다.

8호 님은

더 쏘면
죽을 것이다.

사람을
죽여본 적
있으세요?

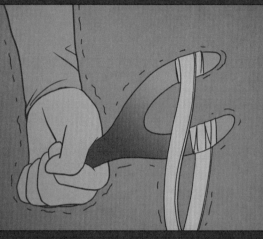

살인은 하고 싶지 않다.
그러고 싶지 않다.

그 상대가 그이기에 더더욱.
그러고 싶지 않다.

그러니 제발.
그냥 제발.
그대로… 제발…

가만히……
제발……

꿈틀-

씨이X!!!!!

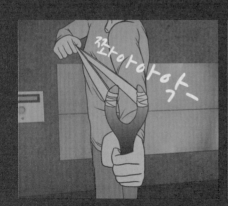

쏠 수 있었다. 당장이라도. 하지만 이 한 발이
어떤 결과로 이어질지 잘 알고 있기에, 그만 망설였고.

죄……

죄송합니다…
5호 님……

긴장과 두려움으로
땀이 비오듯 흘러내렸고

그 땀방울 중 하나가
눈으로 들어갔고

잠시 눈을 감은
그 찰나의 순간

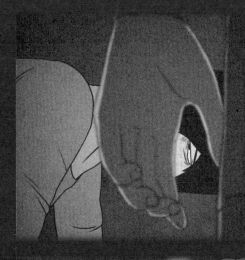

이 광경이 떠올랐지만

그것을 깨달았을 땐
이미

늦었다.

WE
INVITE
YOU

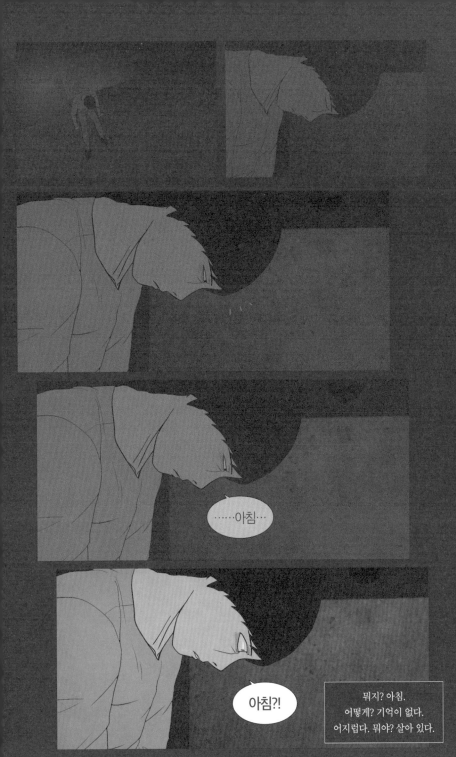

……아침…

아침?!

뭐지? 아침.
어떻게? 기억이 없다.
어지럽다. 뭐야? 살아 있다.

버튼은 부숴져 있다.
5호는?

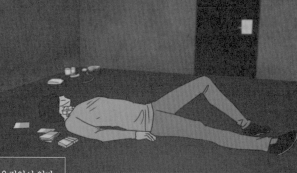

있다. 하지만 움직임이 없다.
아무런. 설마, 죽어버……

응?!

잠깐. 5호 옆에……
저거. 설마. 혹시?

그런 생각을 안 해 봤다면 거짓말이겠죠.

여기서 이대로 죽게 된다면, 당신들을 용서할 수 있을까……하는 생각을.

아냐. 설마. 아냐.

안돼. 제발. 안돼.

아냐. 설마. 아냐.

안돼. 제발. 안돼.

아냐. 설마. 아냐.

안돼! 시X! 안된다고!

아……

내 기대에 바람에 기도에 아랑곳없이. 현실은.

빌어먹을. X같은.
현실은.

아아아아아……

역시 돈이었다. 5호는 돈을 샀다.
금액이 얼마인지는 알 것 같다.
이 두 뭉치는 낯익다.

뭐야.

오만원
50000

오만원
50000

차비를 천만 원이나
준다고?

5호는
1000만 원을 구매했다.
100억을 지불하여.

10,539,769,000

마지막 잔액
백오억삼천구백칠십육만구천원에서

100억이 사라지고
남은 돈은

5
억

시작은 448억이었으나.
끝끝내. 마침내. 결국.
5억.

아니. 잠깐.
뭔가.

5

뭔가를 잊은 것 같은……

분명

뭔가… 를……

-514,209,000

머니게임
MONEY GAME

#54

"어떤 망상"

그럼 절차상, 먼저
질문 드리겠습니다.

딸칵-

박사님은 본 인터뷰
녹음에 동의하십니까?

네. 녹음에
동의합니다.

감사합니다.
그럼 우선……

본 실험의 개요부터
설명 부탁드립니다.

타이틀은 "한정된 자원과 통제된 소비 사이 갈등상황에서의 인간심리연구" 입니다만,

저희는 그냥 프로젝트 명인 "머니게임"으로 부르고 있어요

머니게임……재미 있는 이름이네요

실험의 디테일은 어떻게 됩니까?

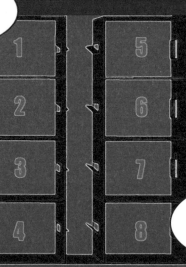

우리는 제한적인 소규모 사회 모델을 구현했어요. 아, 엄밀히 말하면 현대 사회는 아니고

자원만 존재하고 인프라는 전무한 전근대 사회 모델 이라고 보는 게 맞겠군요

185

186

맞아요. 아, 그렇다고 이 실험이 본인 동의 없이 진행 됐단 뜻은 아니에요.

최면요법으로 본인의 기억을 지운다.

WE
INVITE
YOU

119

…는 조건까지 포함해 실험 동의를 받았으니까요.

지금까지의 경과를 보면… 꽤 극적인 상황들이 계속됐군요.

피실험자에겐 상당히 가혹한 환경이었을 텐데, 실험은 언제까지 진행되나요?

아. 이제 슬슬 접으려구요. 상금이 오링났거든요 데이터도 충분히 뽑았고.

8호에겐 다행이네요. 킥. 실험료 책정은 많이 했겠죠? 사람을 이 정도로 굴려댔으니.

물론이죠. 뽑. 무려 448억에 계약했는 걸요.

189

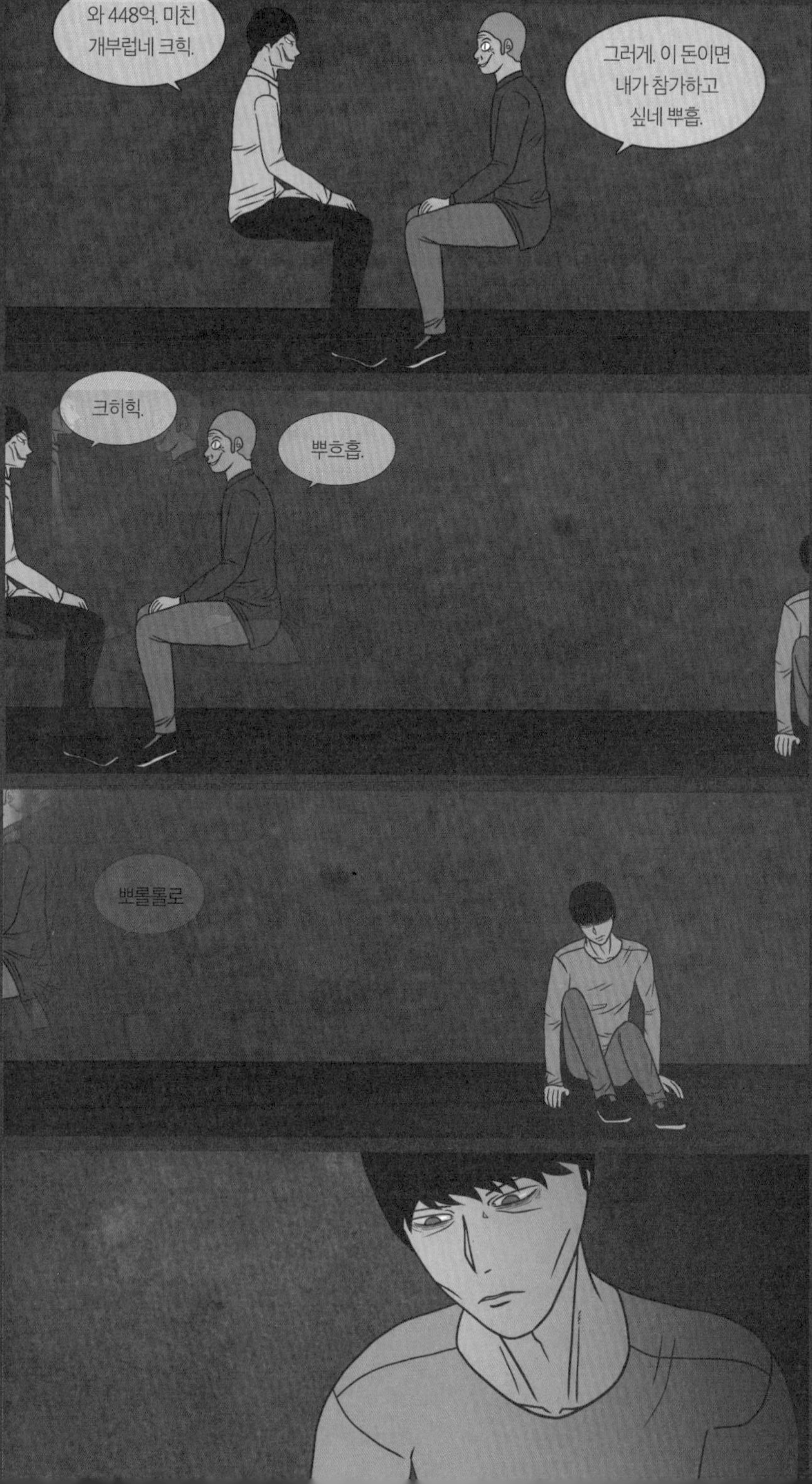
와 448억. 미친 개부럽네 크흑.
그러게. 이 돈이면 내가 참가하고 싶네 뿌흡.
크히힉.
뿌흐흡.
뽀롤롤로

짜잔! 지금까지 깜짝 카메라였습니다!

그날. 그 사고 이후 이틀을. 만 이틀 내내. 끝없는 후회와, 이 후회가 낳은 망상이

8호 님! 깜짝 놀라셨죠?! 당하신 소감 한마디!!

에이 넘 섭섭하게 생각하지 마세요 출연료로 448억을 드리니까요히힛!!

망상에 망상이 꼬리를 물고 머릿속을 헤집고 뛰어논다.

191

힛호

사라졌다.
모두 다.

-514,209,000

돈도, 음식도, 물도, 버튼도.
없다. 이제. 더이상은.

유일하게 얻은 거라곤
5호가 남기고 간 장애뿐

달팽이관인지
반고리관인지가 다친 건지.

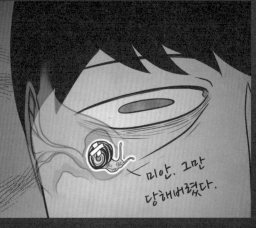

극심한 어지럼증으로
이젠 똑바로 설 수조차.

미안. 그만
당해버렸다.

흐

흐흐

흐흐흐

흐흐흐흐
흐흐흐흐
흐

그래.

NO
머니게임

결국

이렇게 끝나버렸다.
결국. 이딴 식으로.

뿌드득-

어긋나고 망가지는 상황을 바로잡을 수 있었던 수많은 선택지들이 우리 앞에 있었지만

욕심 때문에

불신 때문에

오해 때문에

두려움 때문에

그 기회들을 모두 놓쳐버렸고.

그 대가가, 업보가, 바로 지금. 여기 이곳.

다 잃으니 비로소 보였다. 이 게임의 진짜 무서운 점,
진짜 잔인한 설계가 무엇이었는지.

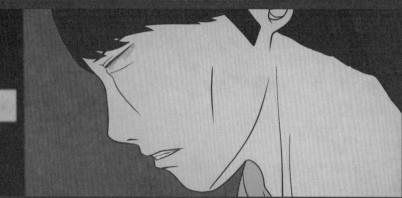

상황을 악화일로로 치닫게 한 건 참가자들을 미쳐 돌아가게 한 건

인프라의 부재도 아니었고

욕망의 자극도 아니었고

정보의 통제도 아닌

'사회에서의 격리' 그 자체였다. 여기에서 모든 것이 시작됐다.
우리는 처음부터 이 덫에 걸려들어 있었다.

인간을, 사회화된 **'동물'** 이라고
부르는 이유를 깨달았다.

사회에서 인간을 격리시키자,
인간에게서 사회를 잊게 하자,

wild wild studio

'동물'만이 남았다.
법도 규범도 도덕도 없는. 모르는. 동물만이.

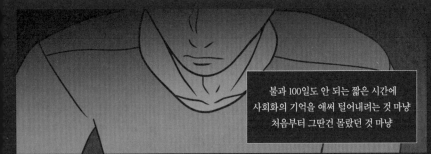

불과 100일도 안 되는 짧은 시간에
사회화의 기억을 애써 털어내려는 것 마냥
처음부터 그딴건 몰랐던 것 마냥

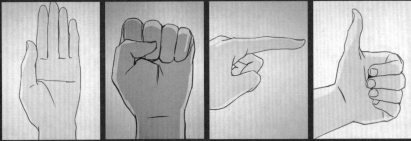

끝없이. 끝없이.
과거로. 과거로.
회귀했고.

그 뒷걸음질 끝에 마침내 도달한 곳은

44,800,000,000

35,873,010,000

32,266,079,000

28,375,029,000

18,882,749,000

11,172,969,000

10,539,769,000

-514,209,000

끝끝내 바로 여기. 꿈도 희망도 돈도 X도 아무것도 없는.
있는 것이라곤 오직

차디찬 콘크리트의 관짝
8개뿐인 이곳까지. 도달.

자업자득.
…이란 생각이 들었다.

그렇기에 누구를 탓하거나 원망할 생각은 없다.

이 역행을 깨닫지도 막지도 맞서지도
못한 내겐 그럴 자격 따윈 없다.

치-

아니, 오히려
감사해야 되는 게 아닌가?
…라는 생각마저 들었다.

어차피 물고기 밥으로
끝났을 목숨

짧게나마, 희망을 손에 놓고
굴려본 것만으로도 그들에게
감사를 보내야 하는 거 아닌가?

나도 희망을 쥐어 봤고
당신들도 재미를 봤으니

그래. 윈윈이다.
모두 다 즐거웠으니.

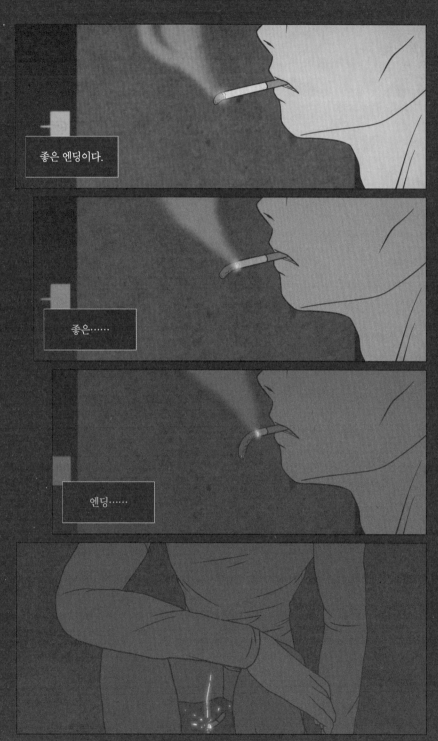

좋은 엔딩이다.

좋은……

엔딩……

8호 님.

아. 잠시 잊고 있었다.
아직 (그나마 멀쩡한)
7호가 남아 있었지.

마지막으로 그녀에게만은
미안하단 말을 전하고 싶다.

우리 중 가장 사회화 되었었고
우리 중 가장 인간적이었으며
우리 중 가장 이타적이었지만

얼굴이 많이 상했네요
7호 님도……

나도 그 누구도 그녀를
이해하지도 따르지도 못해

결국 이렇게 되어버렸다고.
그게 너무...... 미안하다고.

이거...드세요 8호 님.
조금뿐이지만......

물. 조금뿐이지만
매우 귀한. 물. 하지만.

아뇨...
괜찮습니다.

저는......여기까지
할게요 그러니
괜찮습니다......

아직, 아직은
아녜요 8호 님!

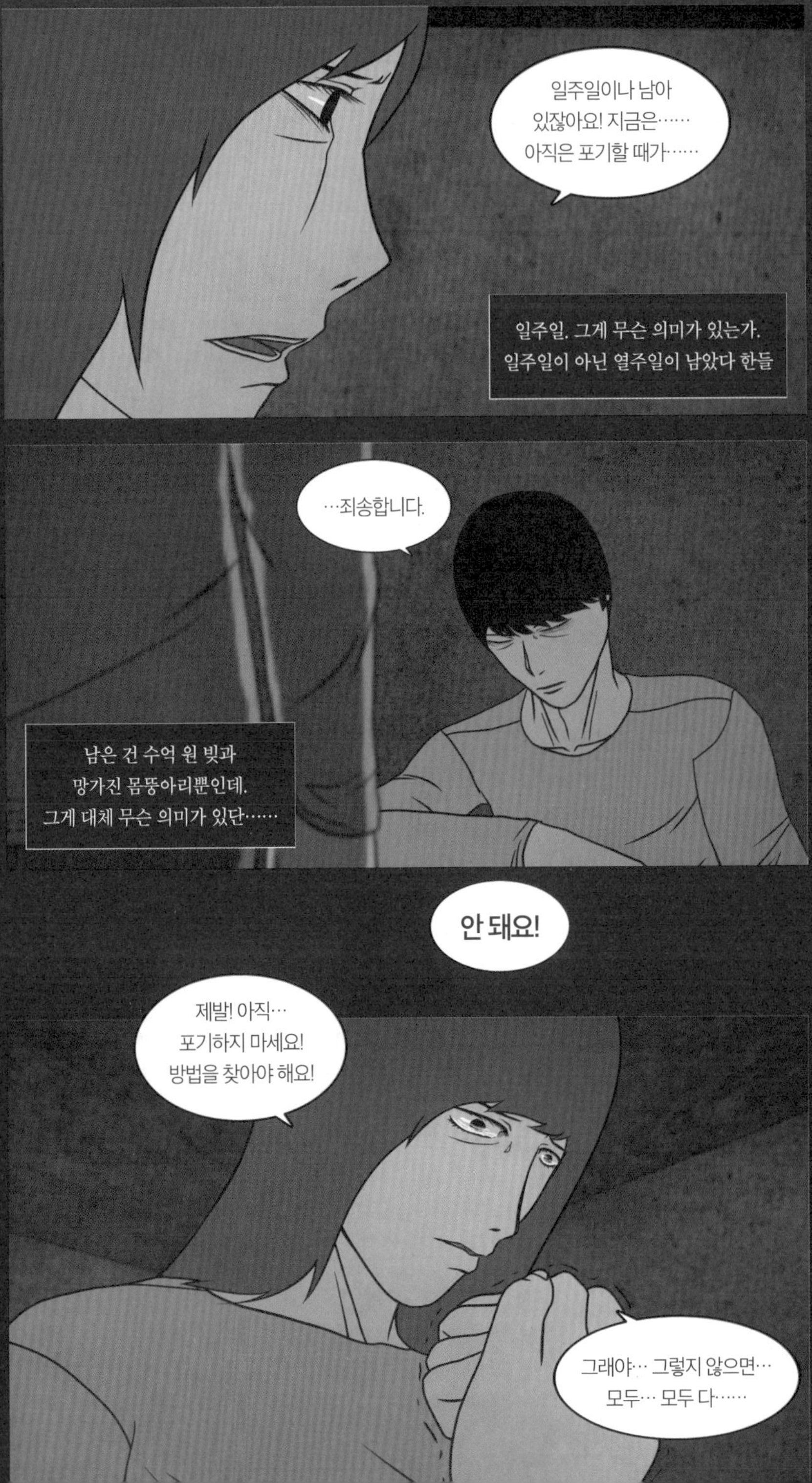
일주일이나 남아
있잖아요! 지금은……
아직은 포기할 때가……
일주일. 그게 무슨 의미가 있는가.
일주일이 아닌 열주일이 남았다 한들
…죄송합니다.
남은 건 수억 원 빚과
망가진 몸뚱아리뿐인데.
그게 대체 무슨 의미가 있단……
안 돼요!
제발! 아직…
포기하지 마세요!
방법을 찾아야 해요!
그래야… 그렇지 않으면…
모두… 모두 다……

간절한 부탁. 아니 그보다는
오히려, 집요한 설득.

왜? 누가 봐도 끝장난 상황인데.
스튜디오 그 어디에도 희망 따윈 안 보이는데.
왜 포기를 않는 거지? 어쩌자는 거지?

제발…
제발……

제발……
제발………

이쯤 되자 조금
위화감이 들기 시작했다.

왜 저러지? 이미 끝난 게임인데.
기회도 활로도 더이상. 남은 건 아무것도 없는데.
저 여자는 대체 내게 뭘 바라길래 저토록 집요하게……

순간 머릿속을
스쳐 지나가는 단어 하나.

FACEMAKER

페이스메이커?

혹시 7호는.

머니게임
MONEY GAME

#55

"좀 이상한 전개"

7호 님……
당신 혹시……

네?

주최 측이랑
무슨 관계가……

…라는 말이 목 끝까지 차올랐지만.

꿀떡-

아,아뇨……
아무것도 아닙니다.

다행히. 삼켰다. 왠지 입 밖으로 내선 안 될 말 같아서.

설령 이 의심이 맞다 한들,
솔직한 대답을 해줄 리도
없을 것 같아서.

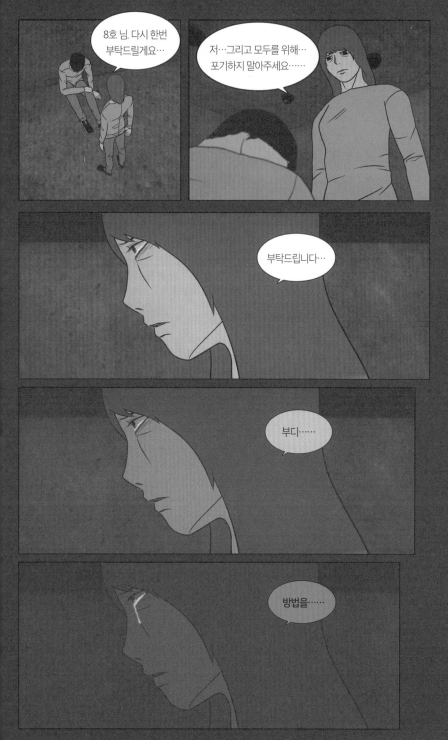

내가 그들이라면 어떻게 했을까.

이 광활한 사유지에

이 거대한 스튜디오를 만들고

44,800,000,000

이 막대한 상금을 투입해 기획한 게임이

예측 불가한 변수로 시작과 동시에
허무하게 끝나버리거나.

게임 쉽네. 첫 날에
다 죽여버리면 되잖아.

혹은 일체의 변수 없이
엔딩까지 허무하게 지나버린다면.

게임 쉽네요.
막날까지 유유자적
합시다요들.

"이거시 리얼 버라이어티의 묘미!"라고.
그저 납득할 수 있을까?

님 그건 좀.

아니면.

참가자들이 급발진하지 않도록
혹은 급정지하지 않도록
모종의 장치를 심어놓고 싶지 않을까?

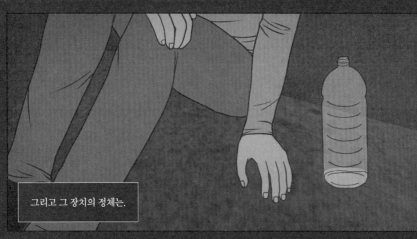
그리고 그 장치의 정체는.

어쩌면.

거긴 말 그대로 프라이빗 룸입니다.
허락없이 열면 안됩니다.

이곳에 초대된 사람들은
절대 하나로 섞일수 없어요.

3,4호님을 막아야 해요.
모두 힘을 합쳐.

그만 두세요!

풀어주지 않으면
쩌...쩌물어예요!

제가 보동을 설게요!
3호님이 약값 안 갚으면
제 상금에서 제할게요!

3호님이 밤에 복도로 나간건
묶어놓은 우리 잘못도 있어요.

그만두세요! 제 상금 드릴게요!
계약서도 쓸테니까!

모든 생명은
다른 생명을
함부로 다룰
자격이 없어요.

생명을 해친 사람은
평생을 고통속에서
살 각오를
해야 합니다.

위화감이 느껴지는 사람인 건 확실하다. 그녀를 제외한 다른 참가자들은,
호불호가 갈렸을 뿐 행동의 사유가 납득 불가한 수준은 아니었지만

아니다 그녀는. 살면서 단 한 번도 본 적 없는 타입의 사람이다.
처음부터 지금까지, 언제나 내 상식 밖에 있는 사람이었다.

이 의아함도, 수상함도, 그녀가 주최 측에서 심은 페이스메이커라고 가정한다면,
모든 게 다 설명 가능……

아.

그만.

멈춘다. 사고의 폭주를.
또 저지를 뻔했다. 또 반복할 뻔했다.
근거도 증거도 없는 확신을.

그만……

이 게임을 진행하며
뼈저린 교훈을 얻지 않았던가.

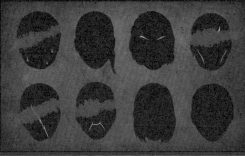

인간은 절대 다른 인간을 확신할 수 없다는 걸.

₩209,000

게임 시작 94일째.

터억-

흐어으어어어……

5호가 남기고 간 선물은
호전될 기미가 보이지 않는다.

어질-
어어질-

SYSTEM] Gyroscope Error.

날이 갈수록, 허기도 갈증도 극심해진다.
아무리 단식 절수에 익숙해진 몸이라지만
이젠 물리적 한계에 다다른 것 같다.

크응으흐응.

하지만 넋 놓고 있을 수는 없다.
확인해야 한다. 근거와 증거를 모아야 한다.

힘내라! 힘내라! 우리 8호 힘내라!

저 근원 모를 응원과
집착의 이유를 찾아야
다음 한 발을 내디딜 수 있으니.

저기……
계세요?

들어갈게요
7호 님!

비었다. 7호는 외출(?) 중이다.
아마 다른 사람들을 보살피러 간 거겠지.

아.

아직 남아 있었다.
수치로 배웠던 교훈의 흔적.

뭐야 이 개 사진은!

개 사진 개 수상하다곳!

하지만 이 흔적이 어쩌면 그녀를 파악할 근거 중 하나가 될지도.

그 사진만은 도저히 넘길 수 없어서 반납하지 않았습니다.

세상에 하나밖에 없는 사진이니까요.

그리고 또 하나.

자기 몸 하나 지키는 데도 급급한
이 스튜디오에서 오직 7호만이
남을 살릴 도구를 수집하고 있었단 건

송곳 아님.
주사기임.

그래. 확신한다.
정체는 확인할 수 없지만.
정황상 확실한 것은.

어떤 의미로든 간에.
그녀는 우리와는 '다른' 사람이다.

철컥-

끼이이익-

훌쩍-

어?

8호 님?

7호 님. 얘기 좀
나눌 수 있을까요?

이야기라면…
혹시……

혹시! 뭔가 방법을 찾으신 건가요?

단호히 말하건데. 그런 건 없다.
더이상 우리 힘으로 할 수 있는 건.
단언컨데 없다.

이 사실은 그녀도 잘 알고 있을 터. 그 점이 못내 수상하다.
7호는 대체, 내게 무슨 기대를 걸고 있는 걸까?

아뇨 아직은……

그 근거 없는 기대의
근거를 확인하고 싶다.

하지만 계속 생각 중입니다.
어떻게 해야 좋을지……혹
주최 측이 설치해놓은,
우리가 간과하고 있는

트릭이나, 의도된
연출 같은 게 있는지……

반응을 살핀다.

네? 그런 게…
있을 수 있나요? 분명 리얼
버라이어티 쇼라고…

조금 놀란 듯 기쁜 듯 애매한 기색이
비치긴 하지만 아직 확실치는 않다.
더 직설적으로 질러본다.

네. 처음엔 저도 그렇게
생각하고 있었어요 하지만……

와 이거 완죤 리얼이야!

나 소름 돋았어!

리얼을 표방하는 프로그램이라 해도 큰 틀을 잡아줄 각본과 연출 정도는 있다는 건, 다 아는 사실이잖아요

그리고…… 만약 각본과 연출이 존재한다면.

그 각본과 연출을 수행할 '연기자' 또한 있지 않을까요?

……아!

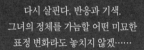

다시 살핀다. 반응과 기색. 그녀의 정체를 가늠할 어떤 미묘한 표정 변화라도 놓치지 않겠……

아아아아⋯⋯

아아아아아아아~~~~~~

응?

뭐, 뭐야 저 반응은.
미묘⋯⋯는커녕, 너무 적극적인데?

역시⋯ 그래⋯⋯
그럴 줄 알았어요

네⋯네?
뭐가요?

저기……
7호 님, 그게……

이쯤 되니 조금
소름이 끼친다.

그랬어…그랬군요
8호 님. 당신이.

주최 측이 보낸
사람이었군요.

머니게임
MONEY GAME

#56

"나를 다시 뽑아주세요"

8호 님, 당신이……

주최 측
사람이었군요!

에……

예에?!

반짝

반짝

아 그래……
그랬었구나.

……

여기까지.

수습한다. 서로 엇갈린 기대와
첨부터 헛됐던 희망을. 이쯤에서.

죄송합니다 7호 님,
사실은……

오히려, 당신이 주최 측과 내통하고 있지 않나 의심하고 있었다고 했다.

네?

지켜봤던 수많은 장면들이
내 상식으론 이해가 안 돼서.
내 이성으론 납득이 안 돼서.

늘 희생만 하고
배려만 하고
참기만 하고

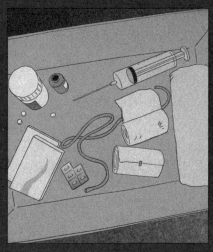

내가 살기에도 급급한 이곳에서
남을 살릴 물건을 사모으고, 심지어 사진

…을 반납하지 않은 일련의 행동들이
하나하나 납득 가지 않았다고 말했다. 그래서
주최 측이 심은 페이스메이커라 의심을……

아… 네……
그러…셨군요……

네. 이해해요 8호 님.
그런 말… 평생을
들어왔으니까.

별종이라고, 착한 척만
한다고, 눈치없이 나대서
주변에 피해만 준다고.

하지만 저는 그냥…
옳다고 생각되는
일을 했어요.

그게 옳은 일이라 생각하니,
그렇게 한 것뿐이에요.

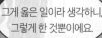

그리고 사진 반납을
하지 않은 건.

룰북에 쓰여 있지
않았으니까요. 미반납에
관련한 패널티가……

……그랬구나.

하긴.
그랬었지.

(대충 불피우는 회상씬) 불을 내고

(대충 문 부수는 회상씬) 기물을 파손하고

(대충 싸우는 회상씬) 사람이 다쳐도 죽어도

패널티가 명시돼 있지 않은 행위라면,
아무런 제재가 없었으니.

2줄 요약 :

하지 말란거 빼곤
다 해도 됨

결국
아무것도 아니었다.

그래요……

그랬…군요……

그녀는 그냥, 그런 사람이었을 뿐이었다.
그저 나와는, 다른 사람이었을 뿐이었다.

다를 뿐.
틀린 사람이 아니었다.

몰랐어요. 8호 님도
저와 같은 생각을
하고 계실 줄은.

5호 님이 죽고 잔고가 마이너스가 된 걸 봤을때.

이 상황이 도저히 믿기지 않았어요.

꿈이라고, 거짓이라고, 연출이라고 믿고 싶었어요.

그때 눈에 들어온 게 8호님이었어요.

모두가 죽거나 다친 이 최종 국면에서도

8호님의 상태는 비교적 멀쩡했으니까.

그리고, 말씀드린 대로……

평소 8호님의 행동이 저 또한

납득가지 않았으니까.

만약…… 그러니까 만약,
8호님이 주최 측 사람이었다면,
그들이 심은 스파이든
혹은 재참가를 한 사람이든
혹은 주최 측 중 한 명이든.

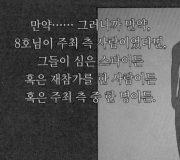

당신이 희망이라 생각했어요.
아니 적어도, 유일한
방법이라 생각했어요.

237

이젠 상금도 남지 않았으니

게임을 더 진행할 이유가 없어졌으니

이쯤에서 게임을 종료해 주거나, 최소한

식음료나 의약품을 제공할지도 모른다는……

그런……

헛된 기대를……
했었어요……

8호 님, 정말로
없는 건가요?

우리에겐 이제,

아무런 희망도
안 남은 건가요?

그녀의 눈물을 보니

어떤 희망적인 말이라도 해주고 싶었다.
작은 희망의 단초라도 건네고 싶었다.
하지만.

네……
그런 것 같습니다.

하지만 없다.
어제보다
그저께보다
아마 내일은
더.

게임 시작 95일째
잔액은 여전히 -514,209,000원
빚 또한 여전히 -514,209,000/4 원.

숫자도 상황도 아무것도
변하지 않은 와중 하나 변한 게 있다면

어때요? 걸으니
기분이 좀 낫죠?

돈…… 돈?
어디 있어 내 돈?

걱정마세요 제가 잘
보관하고 있어요 있다가
꼬옥 돌려드릴게요

그녀..
7호가 변했다.

아니. 변했다기보다는
가파르게 텐션이 올라갔다…라고 해야 할까.

이제 며칠만 있음 부자네요 3호 님!

7호는, 그 어느 때보다도 활기차고 심지어, 희망 차 보인다.

아.

8호 님!

포도당이요 다 나눠 드리고 하나 남았어요

이거 드시고 우리 끝까지 힘내기로 해요 할 수 있죠 8호 님?

아 네……
고맙습니다.

어떤 심경인지는 알 것 같다.
저 낙관이. 누가봐도 무리 중인
저 기만적인 낙관은.

2호 님! 오늘은 컨디션
어때요? 업어드릴 테니
바깥 공기 좀 쐬실래요?

포기.

자포자기의
또 다른 표현일 것이다.

활로를 찾아 더듬고 맴돌았지만
결국은 다시 이곳. 다시 원점.

돈도 식량도 물도
버튼도 X도 희망도 없는.
여전히 변함없이 싸늘한
이 콘크리트 감옥 안.

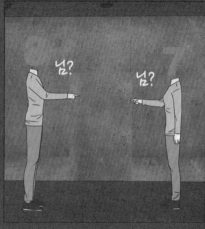

하지만 헤매인 요 며칠간의 소득이 전혀 없었던 건
아니다. 물론 '스파이' 설은 틀린 썰로 판명됐지만

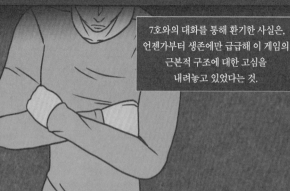

7호와의 대화를 통해 환기한 사실은,
언젠가부터 생존에만 급급해 이 게임의
근본적 구조에 대한 고심을
내려놓고 있었다는 것.

살아남기 바빠 보이는 것만 보고 있었다. 어쩌면 그보다는,
보이지 않는…… 아니, 보여주지 않는 것이 더 중요할지도 모른다.

정리해
보자면……

첫 번째. 이 게임의 주최 측, 즉 시청자는
단수가 아닌 다수이다.

〈 미니게임 〉의 시청자는
다국적의 회원들로
구성되어 있습니다.

두 번째. 시청자가 다국적의 다수이니,
게임 또한 여러 나라에서 진행될 수 있다.

세 번째. 그 여러 나라 중
하필 우리나라가, 하필 이 게임이,
최초의 개최국이자 최초의 게임일 확률은?

매우 낮다. 틀림없이.
이 게임은 이미 다수 나라에서 다회차
반복 진행돼 왔을 거라 보는 게 훨씬 타당하다.

반복…
이라면……

그렇다면
그들이 기획한 게임이
오로지 이

머니게임

만이 아닐 수도 있지 않나?

하아, 맨날
이 게임이야?

돈도 시간도 넘쳐나는데
딴 게임도 슬슬 준비해
보시죠 님들?

내가 그들이라 해도
이런 열망을 갖지 않았을까
아마? 아니, 당연히?

정리해 보자면,
이 게임이 반복 진행돼 왔고
그리하여 다른 게임을 욕망한다면

이 게임은, 자체로도
물론 효용이 있지만

모종의 선발과정이르⋯⋯⋯⋯⋯⋯⋯⋯⋯⋯⋯⋯⋯⋯⋯⋯⋯⋯⋯⋯⋯⋯⋯⋯⋯⋯⋯⋯⋯⋯⋯⋯⋯⋯⋯⋯

심 쿵 했다.

잠,깐만.
아직 나, 나, 나대지마라 심장아
정확치도 않은 정보에 에너지 낭비를······

아냐.

아니지 X발!

나대라!

개나대라 심장아!

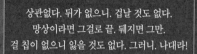

상관없다. 뒤가 없으니. 겁날 것도 없다.
망상이라면 그걸로 끝. 뒈지면 그만.
걸 칩이 없으니 잃을 것도 없다. 그러니. 나대라!

간곡히 호소한다.
간절히 설득한다. 그러면.
어쩌면. 또 다시 그때처럼.

그것을 얻기 위한
기도를!

또 한번의
계시를!

만약……

만약… 이 게임 외에
또 다른 게임이 있다면. 그리고
혹시 제가 그 게임에 참가
할 수 있는 자격이 된다면.

보여주실 수 있나요
뭔가 신호를. 사인을.
어떤 형태라도 좋으니.

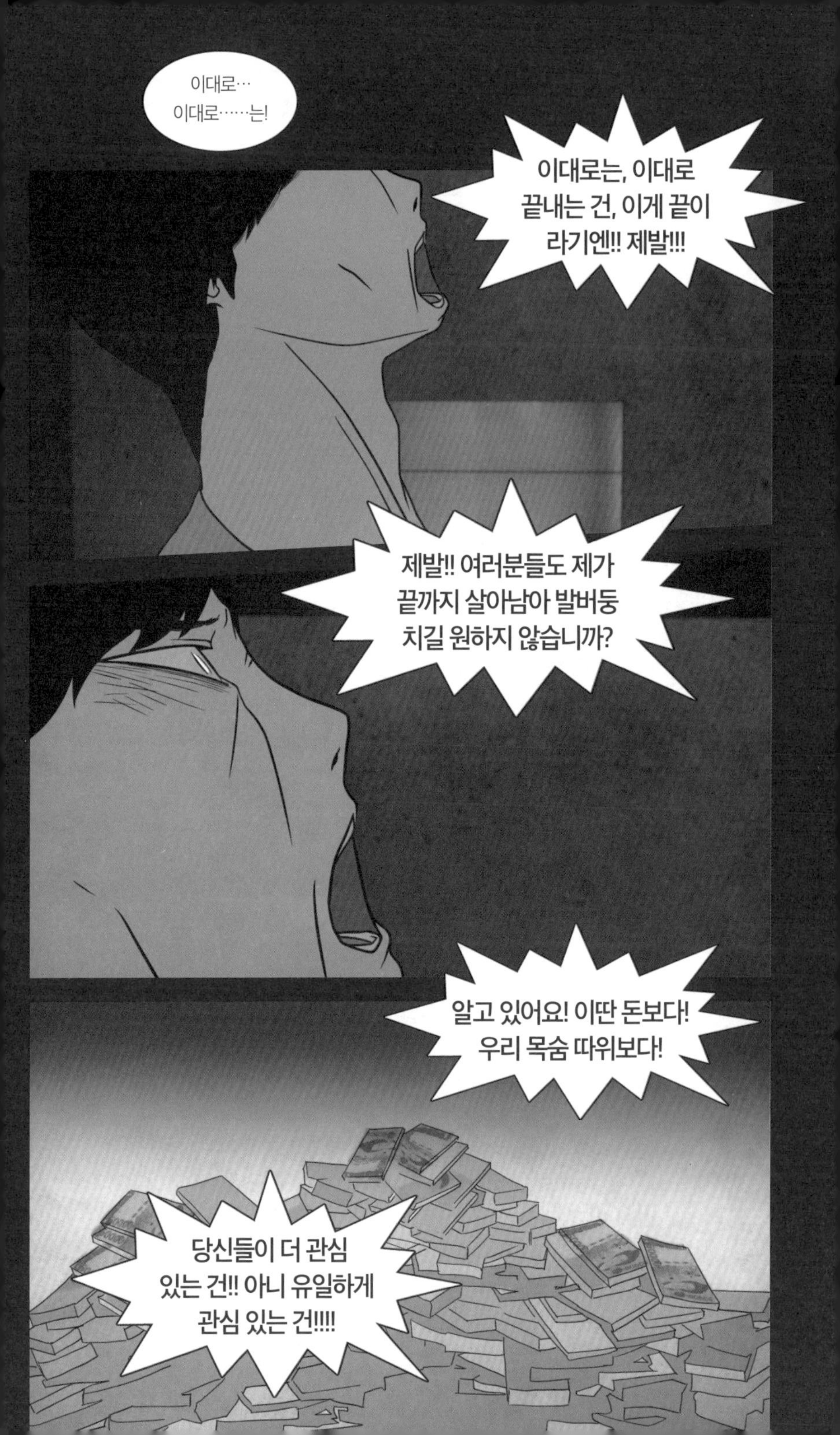
이대로…
이대로……는!
이대로는, 이대로 끝내는 건, 이게 끝이 라기엔!! 제발!!!
제발!! 여러분들도 제가 끝까지 살아남아 발버둥 치길 원하지 않습니까?
알고 있어요! 이딴 돈보다! 우리 목숨 따위보다!
당신들이 더 관심 있는 건!! 아니 유일하게 관심 있는 건!!!!

Dividend rate

```
1  2  3  4  5  6  7  8
```

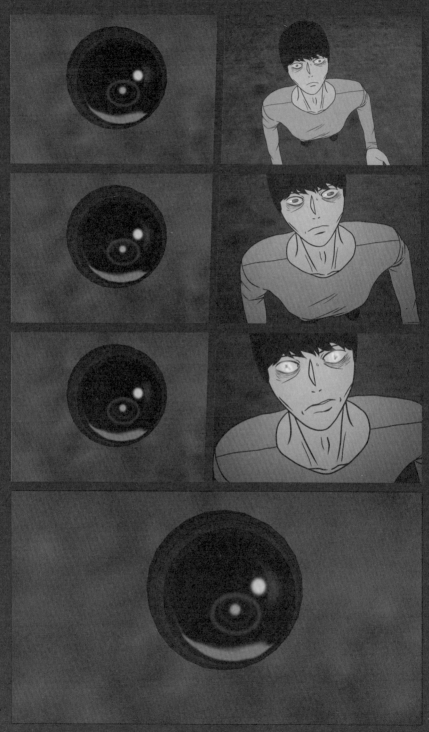

아.

깜빡였다.
분명.

분명.
계시였다.

여기까지다.
할 수 있는 건 다 했다.

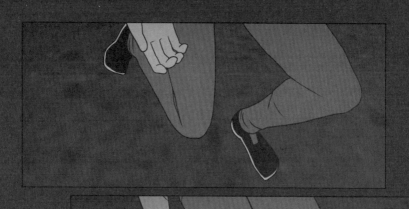

힘도 능력도 없는 일개 참가자로서
할 수 있는 모든 걸 다 했다.

이제 남은 건 내 간절함이
그들의 뜻에 닿아

기적을 내려주시기를
기다리는 것뿐.

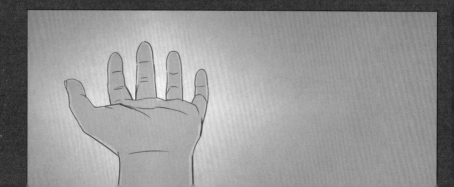

머니게임
MONEY GAME

#57

"7호의 원망"

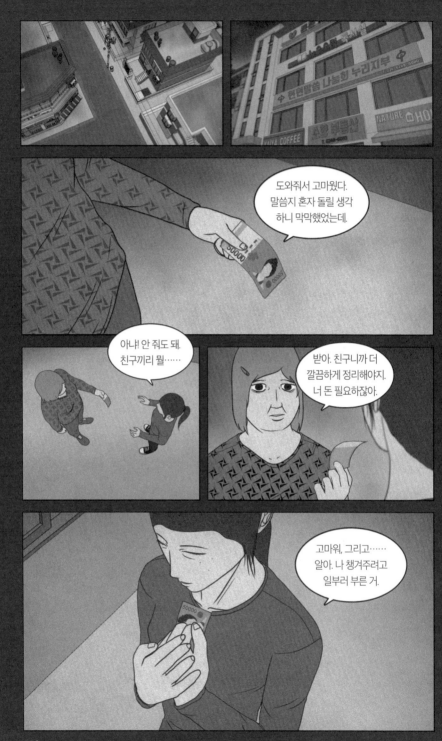

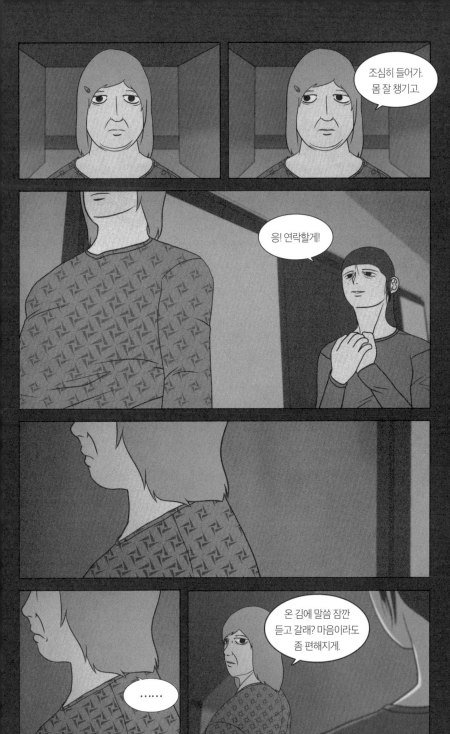

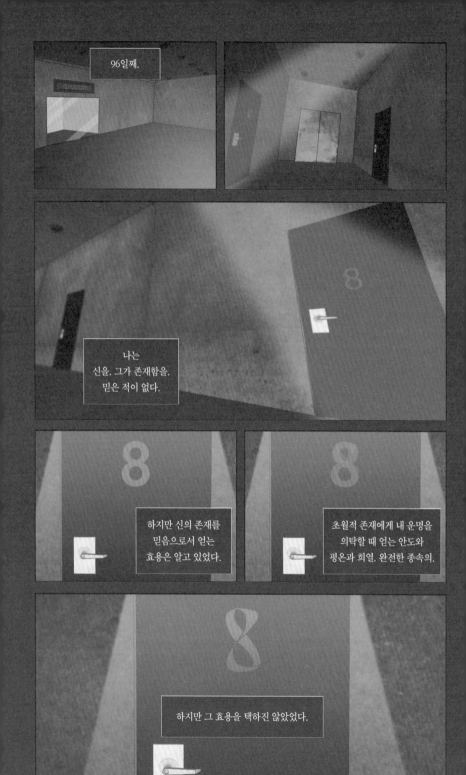

96일째.

나는
신을. 그가 존재함을.
믿은 적이 없다.

하지만 신의 존재를
믿음으로서 얻는
효용은 알고 있었다.

초월적 존재에게 내 운명을
의탁할 때 얻는 안도와
평온과 희열. 완전한 종속의.

하지만 그 효용을 택하진 않았었다.

그 추상적 효용을 얻기 위해 실재의
돈과 시간과 에너지를 지불하는 것이
못내 어리석어 보였기 때문이다.

쿵쿵-
쿵쿵이-

꼴깍-

까득-

까득-
아득-

아드득-
까득-

그랬다.
아니, 그랬었다.

턱-
턱턱-

그리고 아니었다.
애초에.

이 게임은 우리에게,
신/불신의 선택지를
준 적이 없다.

내 의지와도 선택과도 상관없이, 시작부터 우리는
신의 권능을 꼭 닮은 존재 아래 있었으니까.

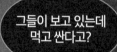

그들이 보고 있는데
먹고 싼다고?

그들이 보고 있는데
세수를 한다고?

그들이 보고 있는데
사람을 죽인다고?

이런 스스럼은 어느새 무뎌져 있었다. 무뎌지다 못해 사라져 있었다.

사라지다 못해
어느새 인지조차
못하게 되었다.

이 모든 걸 인지의 경계 너머에서
내려다보는 존재가 신과 닮은 것이 아니라면,
달리 무엇이라 설명한단 말인가.

그런 그들에게 운명을 의탁하자
평온을 얻었다. 놀라울 정도로 속효로.

꿀꺽-
꿀꺽-
꿀꺽-
꿀꺽-

후우우우-

역설적이게도.
주체적 삶의 포기하자

살 것 같다······

또 다른 삶의 길이 보이기 시작했다.
역설적이게도. 내게 고통을 주었던 존재들이

6 1 4 9
쓰 레 기 장

그 삶의 다리가 되어 주었다.

6 1 4 9
식 량 창 고

아. 그리고.

하나 더 준비 해둔 게 있습니다.

싹 다 처망하면 이 돈 들고 밀항 이라도 하세요.

다시, 역설적이게도. 더이상 잃을 게 없어지니

잃을까 두렵고 힘들던
불안 역시 없어졌다.

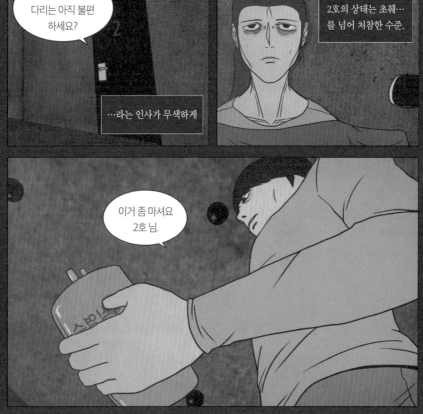

몸은 좀 어떠세요?
다리는 아직 불편
하세요?

…라는 인사가 무색하게

2호의 상태는 초췌…
를 넘어 처참한 수준.

이거 좀 마셔요
2호 님.

드시고. 어떻게든 버텨줘야 한다. 남은 4일을.

$$-514,209,000 / 4 = -128,559,000$$

$$-514,209,000 / 3 = -171,409,000$$

한 명 한 명 떠나갈수록 짐은 점점 늘어나니까.

두고 갈게요, 꼭 드세요 2호 님.

그리고 또한, 사람을 살리는 건 의도야 어찌됐든 옳은 일이니까.

철컥—

주어진 상황에 오직 최선을 다하고
이후의 운명은 하늘의 뜻에 맡긴다.

이 행위야말로
문자 그대로

진인사대천명
盡人事待天命

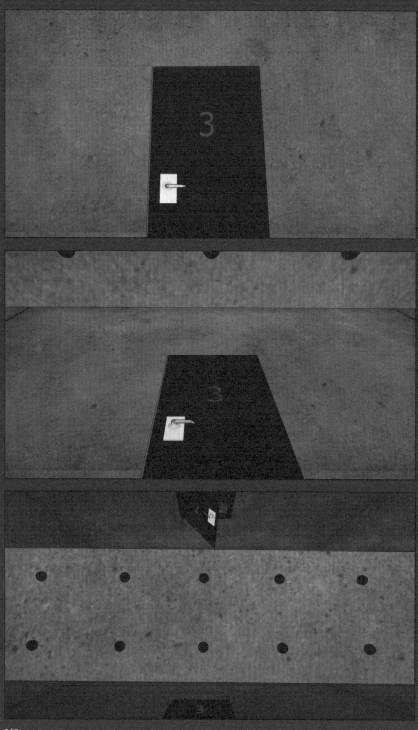

다음 날.

으허어어어어엉

하지만 내 정성과 기도가 무색하게도. 2호는.

허어엉어어어어어어

2

2

힘내지 못했다.

으허엉.
으허어어어어엉

흐어으어어어어…

2호가 품고 있던 병은.
착실히 그녀를 갉아먹고
마침내 파괴했다.

흐아아아아아아아!!!

흐어어어엉어엉!!

이미 많은 죽음을
대면했던지라 별달리
동요하진 않았다.

그저 담담하게.
그저 담담하게.

산 자는, 남은 날을
살아야 하니까.

7호 님……

이제 보내주죠……
계속 그러시다간
7호 님도 탈진을……

저.

봤어요 8호 님이
사람들 챙기는 거.

네…그렇게 하는 게
옳은 일 같아서……

감사를 표하는 건가?
본인과 같은 걸을
보여준 것에 대한.

그게 옳은 일……
같았다구요?

8호 님은……그렇게
말했었잖아요 분명.
2호 님이.

죽어버렸으면
좋겠다…라고.

감사가 아니다.
명백한. 원망이다.

좀 닥쳐 XXX아!!

흐그극흑~   흑흑~

흐윽~   흐어어어어

2호 님…… 병 때문에 약을 계속 먹어야 한대요……

그냥, 혼자 조용히 죽어주면 안 될까?

샀어요… 제가…약……

이제 그냥 좀

죽어줬으면……

그래. 분명. 그랬었다. 하지만.

제발……

제발 돌려줘…이렇게
빌게… 제발……

내가 잘 몰라서…
잘못했어… 응?
부탁할게……

내 저축… 그 돈…
그 돈 없으면 나 더이상…
그러니까 제발……

이제 와서? 안 되지 그건.
내가 분명 말했잖아.

머니게임
MONEY GAME

#58

"살아남았으니 됐다?"

당신이… 당신이 정말
2호 님을 위한다면!

왜 끝끝내! 끝까지!
지켜보고만 있었던 거죠?!

전혀 관심 없잖아요!
이분들의 고통 같은 건!

관심 있는 건 오직
돈! 돈뿐이잖아요!

그게 바로 주최 측이 바라는
거잖아요! 돈에 눈이 멀어
인간성을 버리는 거!

그게 이 게임의
잔인한 함정이라고
몇 번이나 말했잖아요!

뿌득—

그때와 같은 기분이 든다.
이 여자와 대화를 하면. 늘.

사람이… 사람에게
그러면 안 된다는 건!
8호 님도 알고 있잖아요!

이 여자 앞에 서면, 늘.
발가벗겨진 기분이 든다.

왜 항상 본인
편한 대로만 상황을
해석하시는 거죠?

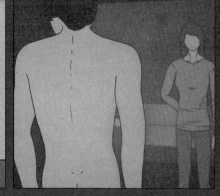

그래. 구구절절 옳은 말. 하지만 더는 끌려다니지 않겠다.
저 옳음은, 현실과 동떨어진 이상론일 뿐이니까.

네. 맞는 말입니다.
당신은 늘 맞는
말만 하니까.

그런데요 7호 님.

일방적인 이상론은, 본인을 도덕적으로
우월한 존재라 설정하고 내려찍는
설득이나, 지탄이나, 혹은 시혜적 계몽은.

그래서 당신은,
그 잘난 이상론으로
뭘 이뤘죠?

네?

그딴 것들은
반론을 원천봉쇄한 일방적 가학
외엔 아무것도 아니다.

마이너스 5억.
알아요. 7호 님 착한 거. 늘 옳은 선택을 하려 노력한다는 거.
하지만.
결론은 마이너스 5억이라구요. 결과적으론 당신이나 나나 아무것도 해내지 못했다구요.
저도 알아요. 이 게임이 선의로 주최된 게 아니란 것 정도는!
하지만 우리가 선택 했잖아요! 참여를! 강제가 아니라 우리 의지로!
그들은 기회를 줬을 뿐이에요! 우린 그걸 걷어찼고!!
이제와서 나나 저들 탓을 해봤자 달라 지는 건 없다구요!

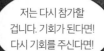

저는 다시 참가할 겁니다. 기회가 된다면! 다시 기회를 주신다면!

내 맘 편하자고 이리 저리 책임전가할 생각은 조금도 없어요!

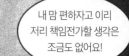

어떻게…… 그런 말을……

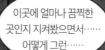

이곳에 얼마나 끔찍한 곳인지 지켜봤으면서…… 어떻게 그런……

선택받았다구요 저는! 저들이 계시를 내려줬다구요!!!

제발…… 그만 좀 하세요 8호 님……

7호의 눈물을 보자,
분노로 폭주하던 머리가 식었다.
그러자 다시, 가슴이 아려왔다.

이 분노의 방향은 잘못되었을지도 모른다.
설득되지 않는 타인에게 우리는 흔히,
분노로 보복하는 걸 택하기 마련이니.

8호 님……
제발……

그녀와 나는, 비슷한 길을 가고 있다 생각했다.

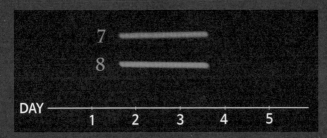

적어도 다른 참가자들보다는 나와 비슷한 사람이라 생각했다. 하지만 97일이라는 긴 시간은,

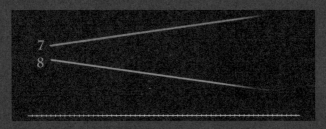

우리가 전혀 다른 사람이란 걸 깨닫는 데 충분한 시간이었다.

고마워요
이해해 주셔서.

그리고, 말리지
않아 주셔서.

……말린다고?
내가? 뭘?

말의 맥락이 이상했지만
깊이 생각하는 건 관두기로 했다.

지금 여기에, 나를 포함해, 맨정신을 유지하고 있는 사람은 없을 테니.

네……
그럼……

게임 시작 99일째.

지나온 근 100일의 시간들이
오로지 거듭되고 반복된.

후퇴와 쇠퇴의 연속일 뿐···
이라고 생각했었다.

ㅇㅇ······
씨이이이X······

맞다. 쇠퇴한 건. 사회의 탈과 옷을 빼앗자
허겁지겁 과거로 회귀한 건. 맞다.
하지만 무의미한 쇠퇴라고 단정하기엔

꿀꺽-

벌컥 벌컥
벌컥 벌컥-

물이 고갈된 현 상황에선 '이것'
이라도 마시는 게 최선의 선택이듯.

크으으으······
스튜디오에서 짭쪼롬······

제한된 자원과 제어불가인 욕망 사이의
균형점을 찾기 위해

놓여진 상황에서 각자가 믿는
최선을 행했을 뿐일지도.

때로는 그 최선의 방법과 방향이
위험하거나 의심스러워 보이기도 했지만

도달하고자 하는 목적지는 모두 같았으니

어쩌면 막연한 쇠퇴가 아니라.
그런 단순한 전후진의 개념이 아니라.

가라앉지 않기 위한, 살아남기 위한
처절한 제자리 발버둥이었을 뿐일지도.

다들······

마음껏···
즐기셨나요······

식상한 격언.
강한 자가 살아남는 게 아니라
살아남은 자가 강한 것···이란.

그들은

실패했지만

난 이뤄냈다. 침몰하지 않았다. 그거면 족하다. 그게 다음 기회로 가는 최소한의 조건이니까.

꾸우우욱-

그저. 살아낸다.
버텨낸다.

그래.
이걸로 충분하다.

머리는 어지럽고, 몸은 바스러질 것 같고
의식은 몽롱하고, 정신은 피폐해도.

오줌을 마시고, 쓰레기를 씹으며.
그냥 그렇게, 버텨낸다.

그렇게 살아남았고,
앞으로도 살아남을 것이다.
그냥, 그저, 그렇게……

그냥
그저
그렇게……

궤르륵~

?

꾸뤠르닉! 꿰륵!

끄워어어우억!!!

뭐야 저. 거위 모가지
비트는 것 같은 소리는.

7호? 뭐지? 저건? 뭐 하는 거지? 안아주고 있어? 재우고 있나? 3호를?

아니다.

꺼안아주고 있는 게.

7호의 손은.

아니다.

달래주고 있는 게.

7호의 손은.

아니다.

재워주고 있는 게.

7호의 손은.

3호.

개같은놈 밑에서 일하느라 고생했어 다들.

여기서 새출발 해서 우리도 남 부럽지 않게 사는거야.

신팀장님? 아유 너무 간만예요.

저 새 가게 오픈했는데, 와주실거죠?

빚은 천천히 갚아도 되니까, 괜히 딴생각 말고

일이나 야물딱지게 해. 알겠지?

에이 그럼요 장사 하루이틀 하나.

카드 긁어도 일반 음식점으로 찍히니까 괜찮아요.

언니언니 하면서 졸졸 따라다니더니.

왜. 거기가 더 많이 챙겨준대?

다르죠? 내가 애들 교육을 얼마나 시켰는데.

내 스타일 알면서. 그럼 또 봐요.

내가 생각이 짧았던거지 뭐. 괜찮아.

내 장점이 빨리 잊는거거든. 니들만 안 그러면 돼.

아니 결재가 이만큼 쌓였는데 또 장부처리

한다구요? 그래도 반은 해주셔야지.

그건 아니지! 내가 니들 마이깡 갚아준것만 수천인데!

응? 입이 있으면 말해봐! 말해보라고!!!

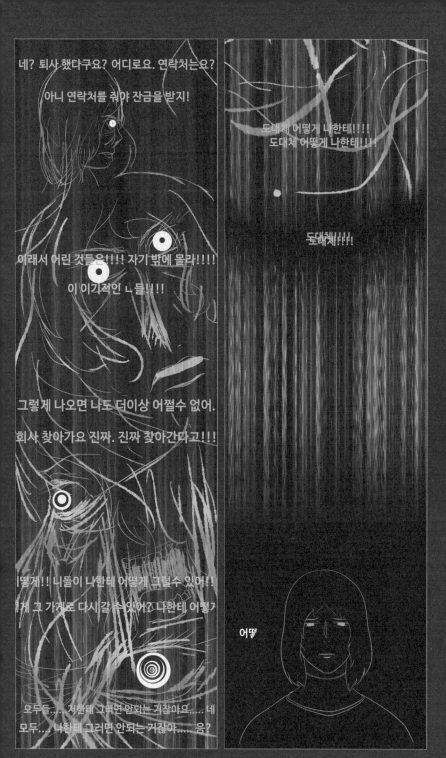

딸칵-

어떻게……

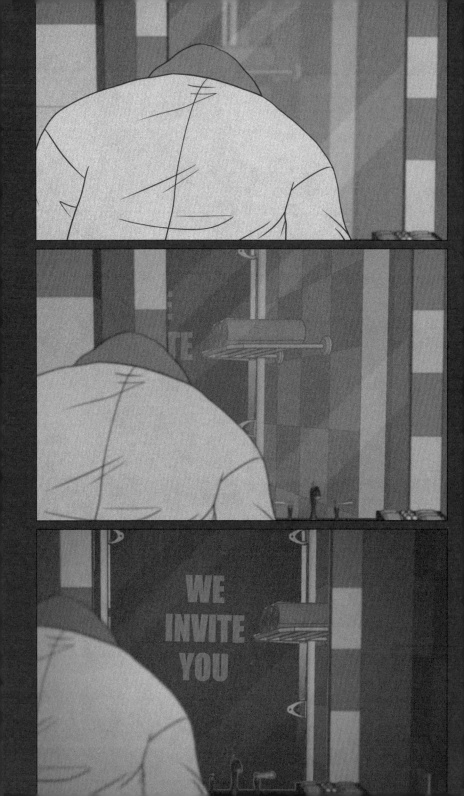

머니게임
MONEY GAME

#59

"어떤 변명"

지금까지 복지의 정착/확대를 방해하는 요소와, 이를 극복하기 위한 구성원들의 노력에 대해 알아보았지만.

여러분들도 이러한 사회 비통합이 복지에만 국한돼 있는 게 아니란 걸 늘 체감하며 살고 있을 거예요.

크게는 국가 단위에서, 작게는 소속 단체… 심지어 친구나 가족 사이에서도, 인간은 원만한 소통을 이루지 못해 갈등을 빚는 존재들이니까요.

heuristics : 복잡한 과제를 간단한 판단 작업으로 단순화시켜 의사 결정하는 경향

재미있는 건, 이 상호 몰이해는 진화 과정에서 얻은 효율적 판단 매커니즘의 부산물이란 점이죠.

정보처리에 필요한 인지 자원은 무한하지 않기에

뇌는 더 짧은 시간에 더 효율적으로 정보를 처리하기 위해 어림짐작을 행하도록 진화했어요.

이 스킬은 인간 생존에 큰 도움을 주었지만 부작용도 엄연히 존재해요.
대부분 사회에서 극복하지 못한 구성원들 간의 반목과 오해, 혐오와 미움이 그 예들 중 하나겠죠.
휴리스틱을, 진화가 인간에게 준 선물이자 저주라고 하면 너무 거창해 보일지도 모르지만…
살면서 판단의 기로에 섰을 때 본 강의 내용을 한번쯤 되짚어본다면, 더 좋은 선택의 길이 열릴지도 모르겠네요.
그럼, 이번 학기 수업은 이걸로 마치겠습니다
다들, 고생 많으셨어요.

선뜻. 눈앞에서
벌어지고 있는 상황이
이해가 가지 않았다.

…고생 많았어요
3호 님……

뭐야? 왜지?
어째서?
저 사람은 대체 뭐지?

혼란스럽다. 어지럽다.
연기였나? 모든 게?

7호의 진짜 목적은
우리를 제거하는 것이었나?

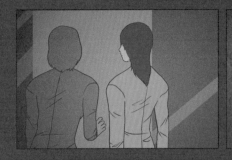

아니다. 그건. 살인의 기회는 차고 넘쳤었다.
심지어 그냥 뒀으면 죽을 상황에서도
7호는 기어이 살리려 애썼다. 모두. 나도.

다행이에요…
전 8호 님, 죽는 줄 알고……

그럼 뭐지? 7호는
우리와는 다른 룰,
다른 게임을 하고 있었던 건가?

그렇다기엔 너무나 통일성이 없다.
지금까지 지켜본 7호의 행동에선,
어떠한 일관성도 찾을 수가……

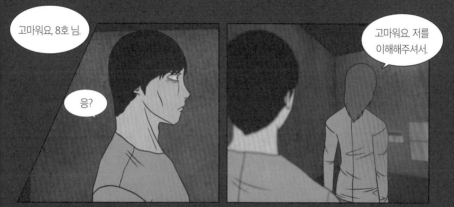

이해? 저건 또 무슨 소리야. 이해해줬다고? 내가? 뭘······

그리고, 말리지
않아 주셔서.

설마.
저 여자.

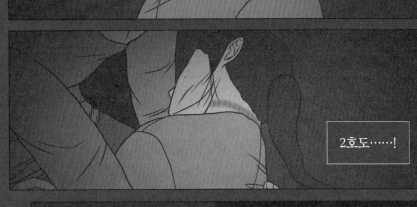

3호뿐 아니라.

2호도……!

온몸에
소름이 박힌다.
전율이 끓어오른다.

그리고 마침내
이해할 수 있었다.

7호는.
저 사람은.

생명을 대하는 자세가 일반인…… 아니 정상인과는,

편히 쉬세요
3호 님……

전혀
다른 사람이었단 것을.

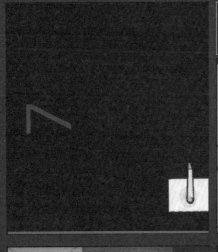

위화감을 느낀 적이 있었다.
한 번이 아니었다. 여러 번을.

산책을 시키고

식사를 챙기고

용변을 처리해주고

"저 여자. 진짜 개와 사람을 동급으로 취급하는 건가?"
…라는 생각을 한 적이 있었다.

저 '말도 안 되는' 사고를 의심한 적이 있었지만
이내 의심을 거둔 이유는 그야말로 '말도 안 됐기' 때문이다.

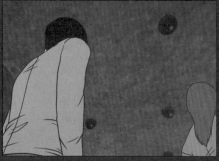

하지만 깨달았다. 마침내. 비로소. 하지만 이제서야.

제발 포기하지 말아주세요.
방법을 찾아야 해요!

그래야… 그렇지 않으면
모두… 모두 다……

……는.
그렇지 않으면 모두 본인 손으로 죽여야 한다는 절망.

당신이 진짜
2호 님을 위한다면

어째서 끝끝내 손 놓고
지켜보고만 있었죠?

……는.
왜 희망 없는 생명을 안락사 시키지 않느냐는 원망.

311

……는.
마지막 시간을 좋은 기억들로 채워주려는 자비.

……는.
그녀의 방식으로 살아오며 늘 겪고 또 느꼈을 감상.

……는.
본인이 해왔고 또 해나갈 일에 대한 회한.

그리고.

8호 님. 당신은.

죽여본 적 있나요?
사람을?

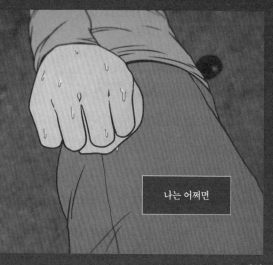

나는 어쩌면

본능적으로 느끼고 있었는지도 모른다.

이상한데?

7호 당신!
수상하다고!

당신이 제일
수상해!!!!

하지만 느꼈을 뿐, 확신하지는 못했다.
왜냐하면, 왜 갈피를 놓쳤느냐 하면.

그녀는 자신의 기분에 따라 상대를
취급하는 소인배도 아니었고

자신의 이익만 좋아 상대를
조종하는 사기꾼도 아니었고

자신의 쾌락을 위해 상대를 해하는
사이코패스도 아니었기 때문이다.

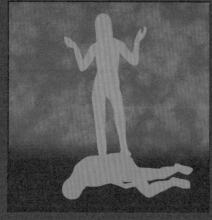

그런 분류 가능한 정체가 아니었다.
그녀는, 살면서 단 한 번도 보고 듣지 못한, 전혀 새로운 형태의……

무슨 생각을…
그렇게 하세요?

어.

무슨 생각을
그렇게.

골똘히 하시냐구요

아.

그 '마지막 자비'의 리스트에

나 또한 포함돼 있었다는 걸
깨달은 순간

거대하고 압도적인 공포와
5호가 남기고 간 부상이 덮쳐들어
다리에 힘이 풀렸다.

죽고 싶지 않다 말했다. 그런 걸 원하는 사람은 애초에 없다고 호소했다.

그럼 이제 그만두라 말했다. 왜 이런 짓을 하느냐 호소했다.

나는 아니라 말했다. 삶의 의지가 충만하다 말했다.
재참가의 계시도 받았다 호소했다.

제가 8호 님의 고통을 끝내주길 원하신다면, 카메라를 깜빡여주세요.

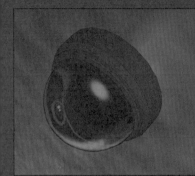

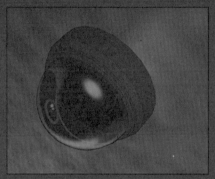

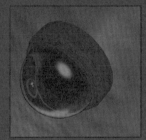

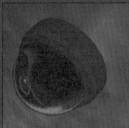

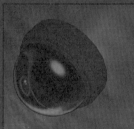

어?

왜지?

어째서?

8호 님을 편하게 해드리란
계시가 내려왔네요.

이제 저들의 뜻을 따르면
되는 건가요?

그게 저들의 뜻이라고? 내가 그렇게 열과 성을 다해 기도했는데?
내 혼을 바쳐 기도하고 간청하고 울고 또 빌고……

8호 님.

아니에요
계시 같은 게.

그냥 깜빡여요. 저 불빛.
간헐적으로 가끔.

!

그러니까 8호 님.

그러니까……

그러니까!!!!

제발!!! 8호 님 제발!!!
그만 좀 괴롭혀요 저를!!

어떠한 호소도
어떠한 논리도
통하는 존재가 아니다.

일반의 상식으로는 가늠조차 할 수 없는.
보편적 선악의 개념조차 닿지 않는.
저 무분별하고 무차별한 7호의 '선의지'는.

어쩌면, 과거 그 어떤 성인(聖人)보다도
신에 가까운 성정에 도달했을지도……

…라는 생각이 잠시 들었지만.

아니.

아니다.

그건 선의도 정의도
뭣도 아냐.

당신은 그냥.

그녀는
그냥.

망가진 것뿐이야.

머니게임
MONEY GAME

#60

"설계된 판 안에서 노는 개미"

무, 물러서요!

안 그러면!
그거 안 버리면!!

안 돼요

이빨을 드러내면…

그런 개는. 안락사를
시킬 수밖에……

오지 마! 맞기 싫으면
멈추라고!!!

327

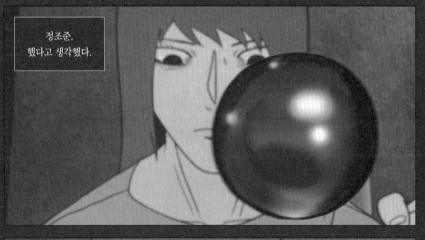

정조준.
했다고 생각했다.

분명.
내 생각은 그랬다.

하지만. 빗맞았다.
…는 표현을 쓰기에도
무색할 정도로

발사체를 떠난 쇠구슬은
어림없는 탄도를 그리며
사라졌다.

까앙-

그러니까 착각이었던 거다.
처음부터 정조준 된 적이 없었던 거다.

어.

다친 귀. 안에 망가진 기관…
에서 보낸 잘못된 정보를 수신한 뇌.
…는 그런 착각을 만들어 냈다.

이, 이, 이이,
이, 이빨……

이빨을!!!

어서
재장전
해야.

하지만.

330

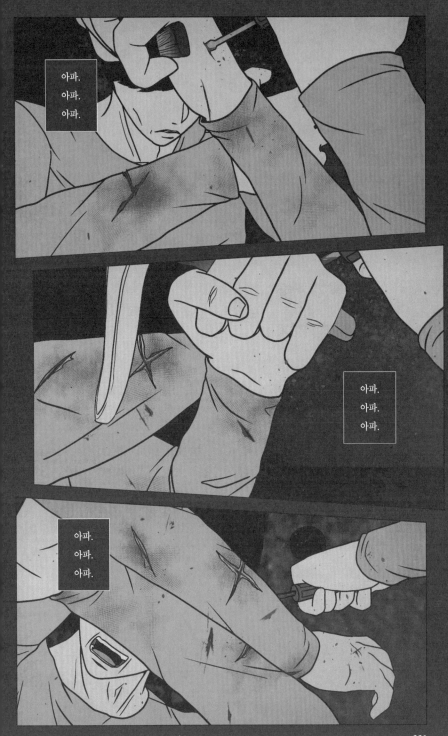

쳐야.

도망쳐야.

콰앙_

재장전.

어서.

콰악—

쏟았다.

내 방으로.

도망.

쳐야.
하지만.

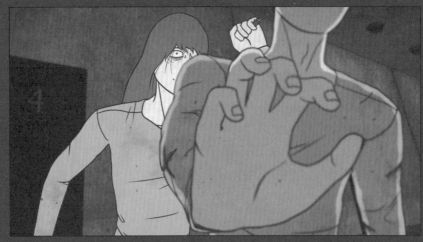

늦었다.

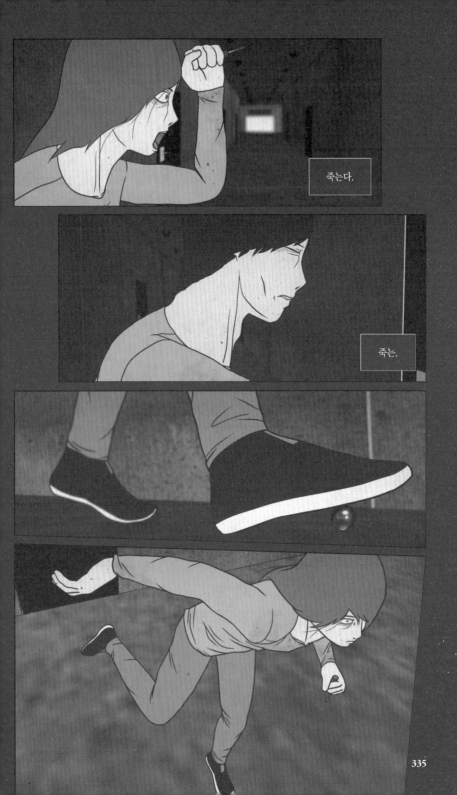

하늘이.
도왔다.

이제,
닫는다.

닫고.
막는다.

막고
버틴……

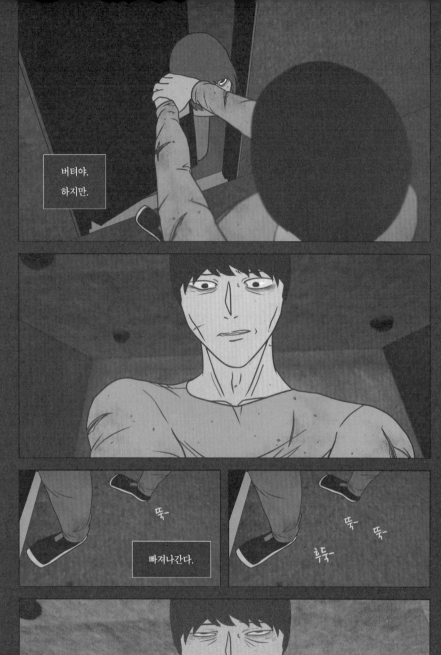

버텨야.
하지만.

빠져나간다.

뚝-

뚝-
뚝-

후둑-

피가.
힘이.
의식이.

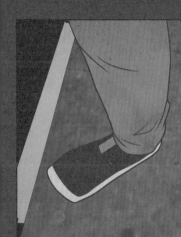

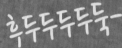

후두두두두둑-

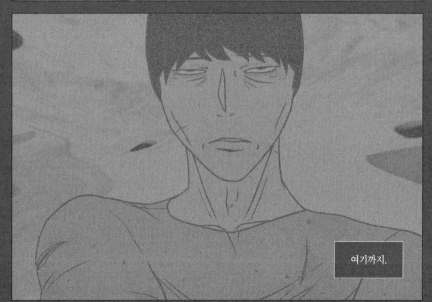

여기까지.

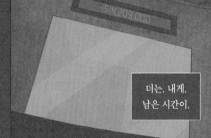

-514,209,000

더는. 내게.
남은 시간이.

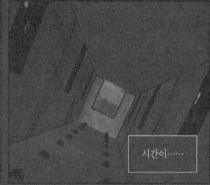

시간이⋯⋯

....
....
.............시간!

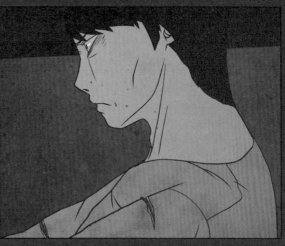

100일에 걸쳐.
생체시계에.
각인돼 온 그 시간.

-514,209,000

-514,209,000

삐비릭-

시간이.
됐다.

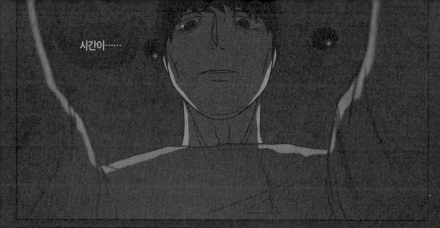

시간이······

?

삐리리릭—

게임 시작 100일째.

모든.
시간이.
끝났다.

세상은 변하지 않았다.

세상은.
여전히 같은 믿음으로 굴러간다.

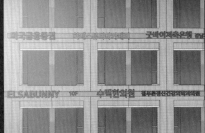

여전히
수백 개의 점포가 생기고 망하고
수천 개의 구좌가 열리고 닫히고
수만 개의 승무패 사이트가 돌아간다.

나만은 망하지 않을 것이라는
나만은 잃지 않을 것이라는
나만은 지지 않을 것이라는
희망.

즉 착각 때문에

그러니 앞으로도 세상은 착각과
희망을 구분할 수 없도록 설계한
그 '누군가' 들의 바람 그대로.
망하고 잃고 지는 순환을 거듭하겠지.

나 역시 다를 바 없는
그들 중 하나였지만

3년 전의.
그 100일을 거쳐오며 내가 배운 건
희망과 착각을 격리하는 방법.

불로소득, 일확천금, 인생역전…
따위에 대한 희망. 아니 착각을 버리니.

내가 할 수 있고 해야 하는 일이
비로소 눈에 들어왔다.

그리고 그 100일은 또한. 진짜 공포와 거짓 공포를 구분하는 방법을 가르쳐 주었다.

원금은 쪼개서 갚을 거야.
근데, 이자는 못 줘.

간만에 튀어나와서
한다는 소리가……
고객님, 처돌으셨어요?

5억 정도는 그들에겐 푼돈이기 때문인지
아니면 좋은 쇼를 보여준 것에 대한 치하인지 그 후로도 추징이 온 적은 없었다.

지금 선택해. 원금이라도 받거나, 내 배 따고 한 푼도 안 받거나.

....

7호의 이야기는 우연히 기사로 읽었다.
종종 미디어에 보도되기도 했었던 유명 동물보호소의 운영자가, 실체를 알고 보니 대규모 안락사를 자행해온 것으로 밝혀져 충격!

아, 그리고

물론 난 그다지 충격을 받지는 않았다.

그들이 알아낸 실체보다 더 깊고 어두운 무언가를 보았기 때문에.

와장창~

나보다 어린 새X 같은데 주둥아리 단속 좀 하고

347

새로운 게임. 재참가의 기회. 더 많은 상금. 따위의 헛된 망상은 애초에 접었다.

아.

알아버렸으니. 일반의 상식으로는
상상도 가늠도 할 수 없는
힘과 부를 지닌 존재들이 있다는 걸.

그들이 설계한 판 안에서는
제아무리 발버둥쳐봤자.

우리는.
한낱.

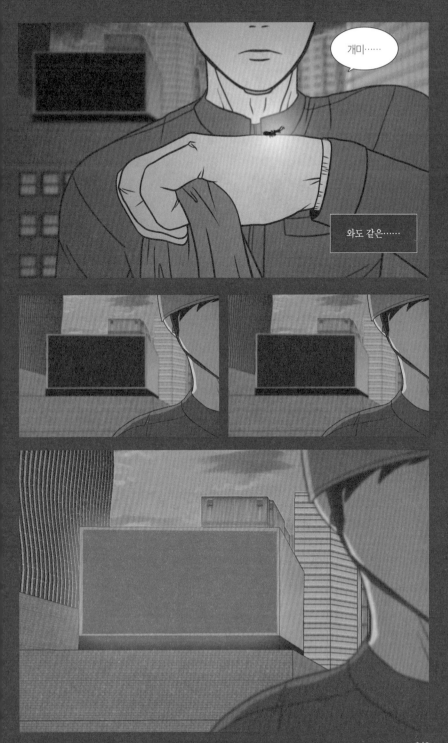

YOU.

머니게임 4

초판 1쇄 발행 2024년 5월 17일

글 · 그림 | 배진수

펴낸이 | 김윤정
펴낸곳 | 글의온도
출판등록 | 2021년 1월 26일(제2021-000050호)
주소 | 서울시 종로구 삼봉로 81, 442호
전화 | 02-739-8950
팩스 | 02-739-8951
메일 | ondopubl@naver.com
인스타그램 | @ondopubl